이야기가 있는 詩集

이야기가 있는 詩集

나태주 글·그림

마지막 제자들에게 주고 싶은 선물

오랜 동안 시를 써 오면서도 어린 친구들을 위해서 많은 시를 쓰지는 못했습니다. 그러나 시집을 낼 때마다 가끔씩 동시를 써서 시집 속에 슬쩍 끼워 넣기도 했습니다. 어른들이 읽는 시든지 어린 친구들이 읽는 시든지 다 같은 시라는 생각에서였습니다. 또 내가 어린 친구들을 가르치는 초등학교 선생이기에 그랬습니다.

이러한 나를 옆에서 보고 어른들과 어린 친구들이 서로 마음을 나눌 수 있는 시집을 한 권 만들어 보자는 사람들이 있었습니다. 푸른길 출판사의 김선기 사장과 편집부장 이교혜 씨입니다. 참으로 고마운 일입니다.

그동안 발표했던 시 중에서 모두 61편을 가려 뽑아 이 시집을 엮었습니다. 1부에는 선생으로서의 내 마음을 쓴 시들을 모았습니다. 2부의 시들은 부모로서, 어른으로서의 내 마음을 담은 것입니다. 그리고 3부에는 자연 속에서 자연과 함께 살아가는 소박한 시골 시인의 마음을 그린 시들입니다.

시 한 편 한 편마다 새로 이야기를 써넣었습니다. 시에 대한 설명이라기보다는 그 시를 쓴 나의 마음을 전하는 글입니다. 왜 그 시를 쓰게 되었는지, 그 시를 쓴 날 어떤 추억이 있는지, 그 시를 쓰며 생각한 사람은 누구인지 등등.

내 시를 읽은 독자가 자기의 마음을 읽은 듯하다고 느낀다면 나는 제일로 기쁠 것입니다. 시를 쓴다는 일은 누군가에게 나의 마음을 열어 보이는 일입니다. 시를 읽는다는 일은 누군가의 마음을 들여다보는 일입니다. 그 마음을 서로 알아주었으니 더 이상 바랄 것이 없지요. 시를 쓰고 시를 읽는다는 것은 세상 모든 것에 대한 관심이고 이해이고 사랑입니다. 어린 친구들에게, 사람들에게 시를 읽게 하고 싶은 이유입니다.

젊은 시절, 처음 글을 쓰기 시작할 무렵엔 동시를 쓰는 시인이 되고 싶었던 때가 있었습니다. 그러다 오늘 이렇게 어린 친구들과 함께 읽을 수 있는 시집을 내게 되니 젊은 날의 소원을 이룬 셈이 되어 여간 기쁘지 않습니다.

내년(2007년) 8월에 나는 학교를 떠납니다. 정년퇴직을 하는 것이지요. 열아홉 살에 시작하여 43년 동안 초등학교 선생 노릇을 했습니다. 섭섭하기도 하고 고맙기도 한 마음입니다.

이 책을 내 마지막 학교, 마지막 제자들에게 선물로 줄 수 있어서 기쁩니다. 비록 학교를 떠나지만 마음만은 오랫동안 학교에, 그리고 어린 친구들 곁에 남아 있을 것입니다. 이 책이 그 증거입니다.

2006년 가을 공주에서 나태주

• 차 • 례 •

1부 응?

하늘은 넓다

우리 학교 정원의
향나무 꼭대기에
집을 짓고 새끼를 친 참새

날마다 쨱째글
쨱째글 커지는
참새 새끼들 울음

아이들에겐 알려 주지 말자
어른들은 그렇게
생각하고

어른들에겐 말하지 말자
아이들은 또 그렇게
생각하는 사이

참새 새끼들 다 자라
하늘로 날아간다
휘이휘이 하늘은 넓다.

창밖에서 아이들이 왁자지껄 떠드는 소리가 들려왔다. 웬일일까? 창문을 열고 내다보았다. 교무실 앞에서 들려오는 소리였다. '아, 아이들이 저기서 저러면 안 되는데…….' 하마터면 소리를 지를 뻔했다. 그 때 한 아이가 외쳤다. "야, 또 한 마리 날았다." 하늘에서는 참새 한 마리가 서투른 날갯짓을 하고 있었다. 아기 참새였다. '아이들도 이미 알고 있었구나.'

봄부터 교무실 앞 향나무 가지 속에 둥지를 튼 참새. 둥지를 짓고 알을 낳을 때부터 어른들은 알고 있었다. 그러면서 아이들에겐 알려 주지 말자고 했었다. 그것은 조그만 비밀이 되었다. 그런데 아이들은 아이들대로 이미 그것을 알고 있었던 모양이다. 의자 하나만 가져다 놓고 손을 내밀어도 닿을 만큼 낮은 자리에 지은 새집. 그런 새집에서 새가 새끼를 쳐서 하늘로 날아오르다니…….

일요일

그네가 흔들린다
바람이 앉아서
놀다 갔나 보다

꽃들이 웃고 있다
바람이 간지럼
먹이다 갔나 보다

자고 있는 아기도
웃고 있다
좋은 꿈 꾸고 있나 보다.

2006. 다른(...)

　가끔 일요일에도 학교에 나간다. 밀린 일을 하거나 글을 쓰기 위해
서다. 아이들이 없어 고즈넉한 학교. 그런 학교에서 일을 하게 되면 조
용해서 일이 잘 된다. 그러나 학교는 아이들이 있을 때만 씩씩한 학교
가 된다. 아이들이 나오지 않는 일요일이나 방학 때는 학교도 숨을 죽
인 채 가만히 엎드려 있는 것만 같다. 시무룩하게 고개 숙이고 있는 것
만 같다.
　아이들이 없는 어느 일요일의 학교. 2층에 있는 나의 방으로 들어가
려다가 문득 계단 너머 유리창을 건너다보았다. 유치원 놀이터가 눈에
들어왔다. 조그만 그네 하나가 흔들거리고 있었다. 타고 노는 아이들
도 없는데 왜 그네가 흔들릴까? 조금 전까지 어떤 아이가 그네를 타다
가 돌아간 걸까? 아니면 바람이 와서 그네를 타고 있었던 걸까? 그런
생각을 하다 보니 아이들 없는 학교가 조금은 덜 쓸쓸했다.

참새가 운다

창틀에 와서
참새가 운다
지난 봄 우리 학교 정원
향나무에서 깨어 나간
아기 참새다

짹 짹 짹 짹
1학년 언니들도 고마워요
유치원 언니들도, 6학년
오빠들도 다 고마워요

짹 짹 짹 짹
우리가 알이었을 때
우리가 새끼 새였을 때
우리 엄마 둥지를
건드리지 않아서 고마워요

차례차례로
인사를 한다
짹 짹 짹 짹

창틀에 와서 아기
참새가 운다.

 학교 정원에서 아기 참새가 처음 나는 것을 보고 아이들은 신기해
했다. 아기 참새는 아직 잘 날 줄 몰라 자주 향나무 가지 위에 앉기도
하고 땅 위에 내려앉기도 했다. 그럴 때마다 아이들은 손뼉을 치면서
좋아했다. 그렇게 며칠이 지난 뒤 열어 놓은 창문의 창틀에 아기 참새
가 와서 앉았다. 제법 몸집도 커지고 몸놀림도 똘망똘망해진 아기 참
새였다. 아, 네가 왔구나. 하던 일을 멈추고 아기 참새를 보았다. 아기
참새는 푸스스한 날개를 움츠리고 목을 앞뒤로 크게 움직이면서 울었
다. 마치 아이들에게 감사하다고 말하는 것처럼. 참새야, 사실은 우리
도 너희들이 고맙단다.

이름 부르기

순이야, 부르면
입속이 싱그러워지고
순이야, 또 부르면
가슴이 따뜻해진다

순이야, 부를 때마다
내 가슴속 풀잎은 푸르러지고
순이야, 부를 때마다
내 가슴속 나무는 튼튼해진다

너는 나의 눈빛이
다스리는 영토
나는 너의 기도로
자라나는 풀이거나 나무거나

순이야, 한 번씩 부를 때마다
너는 한 번씩 순해지고
순이야, 또 한 번씩 부를 때마다
너는 또 한 번씩 아름다워진다.

2006.
다들스를

벌이나 나비와 같은 곤충, 나무나 풀과 같은 식물, 그리고 동물들에게도 이름이 있다. 벌의 이름만 대 보아도 꿀벌, 말벌, 땅벌, 나나니벌 등 여러 가지가 있다. 그러나 그런 이름들은 벌의 종류에 대한 이름이지 벌 한 마리 한 마리에 대한 이름은 아니다. 예를 들어 철수벌, 영이벌, 준이벌과 같은 이름은 없다. 그러나 사람에게는 한 사람 한 사람 제각기 다른 이름이 있다. 친구 가운데 한별이란 남자 아이와 슬기란 여자 아이가 있다고 하자. 가만히 입속으로 이름을 불러 보자. 한별아! 슬기야! 대번에 우리들 마음속에는 한별이나 슬기의 얼굴이며 눈빛이며 말소리가 떠오를 것이다.

우리가 누군가의 이름을 불러 주는 일은 아주 좋은 일이다. 내가 그 사람의 이름을 불러 주면 그 사람은 더욱 아름다운 사람이 되고 착한 사람이 된다. 친구들이 나의 이름을 불러 줄 때마다 나도 더욱 아름답고 착한 사람이 된다. 내가 외우고 있는 친구들 이름은 내 마음속 하늘에 떠 있는 빛나는 별들이다. 그 무엇과도 바꿀 수 없는 보석이다.

너는 나의 눈빛이
다스리는 영토
나는 너의 기도로
자라나는 풀이거나 나무거나

– 「이름 부르기」 부분

동심

꽃은 나무나 풀에만
피는 것이라고 말했다
아이들은 아니라고 그랬다
꽃 그림이 들어 있는
옷을 입으면 사람에게도
꽃이 피는 것이고
예쁜 여자 아이
두 볼이 빨개지면
그것도 꽃이 된다고
그랬다
*
살아 있는 것은
모두 움직인다고 일러 줬다
그렇다면 바람과 물도
살아 있나요?
살아 있는 것은 숨을 쉬거나
무엇인가를 먹고 자란다고
일러 줬다
그렇다면 구름과 불도
살아 있나요?
아니라고 대답해 줬지만

정말로 살아 있는 것은
아이들 말대로
바람과 물과 구름과 불이 아닐까
아이들 모르게 혼자
중얼거려 보았다.

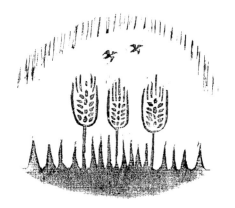

1학년 아이들이 '살아 있는 것은 무엇인가'에 대해서 공부하는 시간이었다. 살아 있는 것은 움직인다. 살아 있는 것은 숨을 쉰다. 살아 있는 것은 밥을 먹는다. 여러 가지 이야기가 나왔다. 그 때 광빈이란 아이가 물었다. "선생님, 그럼 불도 살아 있는 건가요?" 나는 언뜻 대답을 하지 못했다. "광빈아, 그게 그런 게 아니고, 살아 있는 것은 짐승이나 사람이나 벌레나 그런 것들이란다." 광빈이는 내 말을 잘 이해하지 못하겠다는 듯이 다시 물어 왔다. "선생님, 그럼 물이나 구름도 살아 있는 것들인가요?" 이번에도 자신 있는 대답을 할 수가 없었다. "글쎄다……."

　　다른 아이들은 광빈이와 내가 하고 있는 이야기가 별로 재미가 없는지 저희들끼리 와글와글 떠들기 시작했다. "광빈아, 그럼 우리 다른 공부를 하자꾸나." 이렇게 말하면서 나는 생각했다. '그래, 실은 네가 말한 대로 불이나 물이나 구름 같은 것들이 진짜로 살아 있는 것들인지도 몰라.' 그날 나는 1학년짜리 광빈이한테 아주 중요한 것들을 배웠다. 그날은 내가 선생님이 아니고 광빈이가 진짜로 선생님이었는지 모른다.

찡코

나는 개를 좋아하지 않는다. 사람을 보면 훌쩍훌쩍 뛰어오르고 물정 없이 핥으려고 혓바닥을 들이대는 품이 못마땅해서다. 그러나 찡코만은 예외다. 찡코 — 우리 학교 관사에 사는 조무원 아저씨 임 주사가 기르는 개. 어미가 진돗개와 발바리의 잡종이요 아비가 도사견과 토종개의 잡종이니까 진돗개이기도 하고 발바리이기도 하고 도사견이기도 하고 토종개이기도 한 개. 강아지 때부터 학교 아이들을 잘 따르고 아이들과 잘 어울려 놀아 아이들이 좋아하고 귀여워해 주는 개. 그러나 찡코는 버림받은 개. 한배에서 태어난 여러 형제들 팔려 나가고 이웃 사람들 손에 들려 갔지만 못생겨서 아무도 선택해 주지 않은 개. 그래서 어미 옆에서 오래 어미와 함께 사는 개. 찡코란 이름도 앞 이빨 두 개 송곳처럼 밖으로 튀어나와 아이들이 붙여 준 별명이다. 찡코는 주인이 먹을 것 제대로 챙겨 주지 않으므로 학교 쓰레기장이나 뒤지는 거지 개다. 떠돌이 개다. 주인이 있으면서 주인 없는 개다. 집이 있으면서 집이 없는 개다. 그런 찡코가 태어난 지 일 년 만에 새끼를 가졌다. 달이 차 땅바닥에 닿도록 늘어진 배. 며칠 동안 눈에 띄지 않는다 싶었더니 찡코가 몸을 풀었다 한다. 새끼는 무려 여섯 마리. 그 작은 몸통으로 어떻게 여섯 마리나 되는 새끼를 품었을까? 놀랍다. 새끼 낳고 첫 외출한 찡코. 늘어진 배가 등가죽에 달라붙고 뼈마디만 남은 다리로 비척비척 돌아다닌다. 안쓰러운 마음이 들어 학교 식당에서 쌀밥 듬뿍 말은 고깃국 한 그릇 몇 차례 챙겨서 준다. 개의 산후 조리를 해 준 셈인데 그런 뒤로는 이 녀석 나만 보았다 하면 달려오는 거다. 운동장이건 교실이건 식당이건 가리지 않고 달려와 꼬리를 흔들고 혓바닥을 내두르고 나중엔 찔끔찔끔 오줌까지 싸 대니 난처한 일이다. 야, 이 녀석아. 나는 개를 좋아하지 않는다 했잖아. 사람의 말을 알아듣지 못하고 알아들을 필요도 없는 찡코는 그저 막무가내다. 아침 출근길 내가 교문 앞에 들어섰다 하면 어떻게 알았는지 관사 쪽으로부터 냅다 대각선으로 달려오는 찡코. 잡종개 중의 잡종개인 찡코, 진돗개이기도 하고 발바리이기도 하고 도사견이기도 하고 토종개이기도 한 찡코. 찡코가 뛰어다니는 우리 학교 운동장, 더욱 넓고 환하고 가득하다.

나는 개를 싫어한다. 개를 기르지 않는 집에서 자랐기 때문이다. 찡코는 개를 싫어하는 내가 좋아한 오직 한 마리의 개이다. 그러나 내가 처음부터 찡코를 좋아한 것은 아니다. 어느 날 불쌍한 생각이 들어 개에게 밥을 주다가 그렇게 되어 버렸다. 자기 집이 없어 학교 관사에서 살던 임 주사 아저씨. 그 집에 살던 못난이 개 찡코. 그 찡코를 안고 다니며 놀던 시골 초등학교 아이들. 이제는 모두가 옛날 일이 되어 버렸다. 모두가 그리운 일들이 되어 버렸다.

폭설

지난밤 폭설이 내리고 출근길 막혀 직행 버스 다니는 큰길에서 하차, 시내버스 길 8킬로 작정 없이 걷기로 한다. 얼마큼 걸었을까, 뒤에서 경적과 함께 차 한 대 멈춰 서 태워 준다 하기에 운전하는 사람 얼굴을 보았더니 그는 우리 학교 가까운 송촌 마을 학부형. 자기네 동네에도 중학생 타고 다니는 아침 첫 시내버스가 오지를 않아 아들을 중학교에 실어다 주고 돌아가는 길이라 한다. 눈길을 조심조심 운전해 가던 그가 말을 꺼낸다. 자기네 딸은 4학년, 공부는 썩 잘하는 편은 아니지만 마음씨가 착하고 일기를 열심히 쓰는데 가끔 훔쳐 읽어 보면 거기에 교감인 내 얘기도 더러 나온다는 것. 나는 우리 학교 교감 선생님이 제일로 좋다, 내가 커서 어른이 되면 'TV는 사랑을 싣고'에 나가 교감 선생님을 찾겠다는 말도 쓰여 있다는 것. 온 녀석두, 몇 차례 음악 시간 보충 수업 들어가 노래 시켜 보고 잘한다 칭찬해 준 일 있고 3학년 때부터 머리를 뽀글뽀글 볶아 다람쥐 꼬리처럼 뒤로 묶고 다니기에 만날 적마다 어여쁘다 머리 쓰다듬어 준 일밖엔 없는데, 얼굴이 사과 덩이처럼 둥글고 불그스름한 4학년짜리 수진이라는 계집아이. 왜 하필 저희 담임도 아니고 교감인 나였을까? 그 애가 자라서 'TV는 사랑을 싣고'에 나가려면 앞으로 20년은 더 기다려야 할 텐데 그때까지 살아 있기나 할까요? 대답은 그렇게 하면서도 코허리가 찌잉해 온다. 30년 넘게 머뭇거리며 떠나지 못한 초등학교

교단. 모처럼 큰 상을 혼자만 받은 듯 어제 저녁 폭설이 내리고 시내버스가 오가지 못하도록 길이 막힌 건 얼마나 잘된 일인가. 마음속에도 하얀 눈이 곱게 쌓이고 아무도 오가지 않은 순결한 길이 하나 멀리멀리까지 열려 손짓해 나를 부른다. 수진이의 길이다.

눈이 많이 내린 날. 학교 쪽으로 가는 버스가 없어 눈길을 걸어가다가 태워 주겠다는 자동차를 만났다. 알고 보니 그 자동차의 주인은 수진이라는 이름을 가진 4학년 여자 아이의 아버지였다. 그 학부형과 함께 눈길을 가면서 이것저것 수진이에 대한 이야기를 나눴는데 그날 나는 많은 감동을 받았다. 선생님을 하면서 살아온 것이 얼마나 잘한 일인가, 하는 생각을 했고 내가 거꾸로 수진이한테서 큰 상을 받은 것 같은 마음이 들었다.

첫 친구 — 현명이 1

현명이는 첫 친구

얼굴도 제일 먼저 익히고
이름도 제일 먼저 알았다

현명이는
'소망의 집'에 들어서
사는 아이

학년은 3학년이지만
하는 짓은 세 살이나
네 살밖에 되지 않는다

이름도 대지 못하고
나이도 모르는 현명이

내가 모자를 쓰고 있을 때는
아저씨라 말하고
모자를 벗고 있으면
선생님이라 말한다

그러나 다음 날은
그것도 깡그리 잊어버리고 마는
현명이

현명이는 첫 친구

현명이에겐
날마다가 새날이고
그래서 현명이는 날마다
새롭게 태어나는 아이다.

내가 제일 처음 교장이 되어 찾아간 학교는 계룡산 산속에 자리 잡은 아주 작은 학교. 그 학교 3학년에 다니는 아이 가운데 현명이란 남자 아이가 있었다. 키도 크고 얼굴도 잘생겼는데 지능이 약간 모자라는 아이였다. 그렇지만 담임선생님은 현명이를 아주 사랑해 주고 있었다. 반 아이들도 현명이한테 친절하게 대해 주었다. 현명이는 엄마 아빠가 없어 '소망의 집'이란 곳에서 살았다. '소망의 집' 또한 계룡산 산속 마을에 있는데 장애인들이 여럿 모여서 사는 집이다.

어느 날 현명이에게 물었다. "내가 누구냐?" 현명이는 망설이지도 않고 "아저씨."라고 대답했다. "뭐, 내가 아저씨야?" 현명이는 내가 쓰고 있는 모자를 가리켰다. 모자를 벗고 다시 물었다. "그럼, 내가 누구냐?" 이번에도 현명이는 거침없이 대답했다. "선생님." 모자를 쓰고 있으면 '아저씨'라고 말하고 모자를 벗으면 '선생님'이라고 말하는 현명이가 참 귀엽다는 생각이 들었다. 그날부터 나는 현명이와 친구가 되었다. 현명이와 함께 3학년 아이의 마음이 되었다.

나이 — 현명이 2

현명이는
열한 살

어디로 나이를
먹었느냐 물으면
입으로 먹었다고
입을 가리킨다

나이를 먹어 보니
맛이 어떻더냐 물으면
맛이 아주 좋았다고 말하는
현명이

그러면서 날더러도
몇 살이냐 묻는다

쉰 하고서도
다섯 살이라 말하면
자꾸만 스물다섯이라고
나이를 고쳐서
말해 주는 현명이

쉰다섯과
스물다섯을 구별하지
못하는 것이다

그래, 나도
스물다섯 살쯤이었으면
좋겠다.

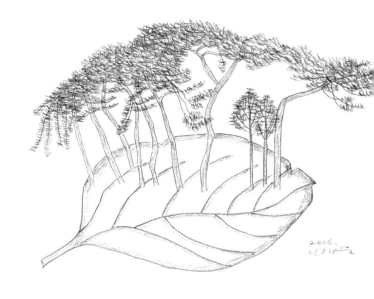

2006.
다듬으

    현명이는 아기 같은 짓을 잘했다. 수업 시간에도 의자에 제대로 앉
아 있는 것이 아니고 교실 뒤쪽에 있는 양탄자 위에 누워서 아기처럼
노는 때가 많았다. 그것도 재미없어지면 복도로 나가서 슬금슬금 돌아
다니기도 했다. 아이들은 그런 현명이를 '대학생' 이라고 불렀다. 아마
어떤 선생님이 지어 준 별명이었는지도 모른다. 그래도 아이들은 현명
이가 하는 대로 내버려 두었고 선생님도 내버려 두었다. 그저 현명이
가 학교에 와서 잘 놀다가 집으로 돌아가기만 하면 좋다고 생각했다.
선생님이나 친구들에게 현명이는 덩치가 큰 어린 아기였다.
    현명이는 가끔 주머니에 과자나 사탕을 가지고 와 친구들에게 나누
어 주기도 했다. 기분이 좋으면 나한테까지 한 개 내밀기도 했다. 이런
때 현명이에게 몇 살이냐고 물으면 생각나는 대로 아무렇게나 대답했
다. 어떤 때는 일곱 살이라고 했다가 어떤 때는 아홉 살이라고 했다.
그러나 실제로 현명이의 나이는 열한 살이었다. 현명이는 나더러 몇
살이냐고 묻기도 했다. 내가 '쉰다섯 살' 이라고 대답해 주면 현명이는
'스물다섯 살?' 하고 되물었다.

33

징검다리 1

새벽녘 소나기에
개울물이 많이 불었다
잘람잘람 모가지께까지
차오르는 징검다리

아이 하나가 건너간다
아찔,
아이 하나가 또 건너간다
아찔,
아이 하나가 또다시 건너간다
아찔,

징검다리를 무사히 건너간다
아이들 웃음소리가
개울물 위로 넓게넓게 퍼진다
그 웃음소리를 되받아
개울물도 더욱 크게 소리 내며
흘러간다.

물이 깊지 않고 넓게 흐르는 개울, 그 한가운데로 사람이 딛고 건너기 좋게 드문드문 돌을 늘어놓는다. 그것이 징검다리다. 징검다리를 건널 때는 조심해서 발을 디뎌야 한다. 잘못 디뎠다가는 발이 물속에 빠질 수도 있다. 그렇게 되면 신이 젖고 양말이 젖게 된다. 겨울 같은 때는 더더욱 조심해서 징검다리를 건너야 한다. 내가 어렸을 때는 시골의 개울마다 이러한 징검다리가 있었다. 징검다리를 건널 때는 재미있기도 하고 겁이 나기도 한다. 징검다리를 건널 때 아이들은 장난을 치기도 한다. 그럴 때면 징검다리를 건너는 일이 더욱 조마조마해진다. 언제나 징검다리를 다 건너고 나면 기분이 상쾌해진다. 아, 물에 빠지지 않고 징검다리를 무사히 잘 건넜구나, 그런 생각에 마음이 놓이기도 한다.

참 좋은 날

오늘은 중요한 약속이 있다

아이들과 꽃밭에 꽃모종을 하기로 한 약속
꽃모종을 하고 나서
글짓기도 하기로 한 약속
시간이 남으면 들길로 나가 풀꽃
그림도 그리기로 한 약속

아이들과의 약속은 나를 하늘에 떠 있는
흰 구름배가 되어 흘러가도록 해 준다
그러하다, 아이들은 나를 머언 하늘로 자꾸만
밀어내는 순한 바람결이다

아이들이 나를 기다리고 있다
오늘은 참 좋은 날이다.

약속이 없는 날은 조금 심심하다. 조금은 쓸쓸하다. 아무도 전화조차 주지 않는 날은 내가 세상 사람들한테 깡그리 잊혀진 것만 같아서 불안하기조차 하다. 누구도 나를 생각해 주는 사람이 없나 봐. 그렇다고 심심하게 생각할 것은 없다. 쓸쓸하게 생각할 것도 없다. 이런 날은 내가 다른 사람을 더 많이 생각해 주면 된다. 혹시 내 마음속에 오래 묵혀 둔 약속은 없을까, 한번 생각해 보는 것도 좋은 일이다. 학교 선생이니까 아이들과 약속해 놓고 지키지 못한 일이 없는지 생각해 보는 것도 좋은 일일 것이다. 오래된 약속일수록 더욱 좋다. 사소한 작은 약속일수록 더욱 좋다. 아이들과 한 약속을 떠올리는 것만으로도 마음은 가벼워지고 즐거워진다. 좋은 날이 되는 것이다. 좋은 날이 어디 따로 있겠는가?

아이들과의 약속은 나를 하늘에 떠 있는
흰 구름배가 되어 흘러가도록 해 준다
그러하다, 아이들은 나를 머언 하늘로 자꾸만
밀어내는 순한 바람결이다

– 「참 좋은 날」 부분

낙서 1

1학년 아이들 자주 오가는
교실 모퉁이
메꽃 줄기 기운차게 솟아올라 기어오르는
시멘트 담장
1학년 아이들 짓이 분명한
토끼집 개굴개굴 도레미
이제 마악 글자 깨쳐 가는 아이들이
선생님 쓰시는 분필 토막 훔쳐 내
누가 볼까 조마조마 숨어서 했을 낙서
얼마나 귀여운 낙서인가
못된 욕설이 아니어서 얼마나 다행스러운가
야외 변소에서 풍겨 오는 오줌 지린내를 맡으며
머리 위로 쏟아지는 처마 밑 참새 울음소리를 들으며
나는 자꾸 웃음이 나왔다.
낙서를 지우면서 자꾸 웃음이 나왔다.

    논산에 있는 호암초등학교에 교감으로 있을 때 나는 학교 운동장 청소를 열심히 하면서 지냈다. 교감은 학급 담임이 아니어서 운동장 청소라도 열심히 하는 것이 좋겠다는 생각에서 그랬다. 커다란 비로 교문 앞 도로를 쓸기도 했고, 플라타너스 나무 아래 떨어진 낙엽을 쓸기도 했고, 때로는 쓰레기들을 정리하기도 했다. 아침에도 그랬지만 점심에도 학교 안 빈 터를 찾아다니면서 청소를 했다.

    그 날은 아마도 점심을 먹고 오후 시간이었을 것이다. 커다란 빗자루 하나를 어깨에 메고 운동장을 한 바퀴 휘익 돌아서 뒤 운동장 쪽으로 갔다. 쓰레기장 둘레를 돌아보고 야외 변소가 있는 1학년 교실 담장 옆을 지나갈 때였다. 며칠 전 새로 페인트칠한 담벼락에 무엇인가 잔뜩 끼적거린 것이 보였다. 이런 나쁜 녀석들이 있나! 나는 화가 나서 낙서를 훑어보았다. 그것은 아주 서투른 솜씨로 비뚤비뚤 쓴 글씨였다. 도레미, 개굴개굴, 토끼집. 나는 낙서를 한 1학년 아이들이 문득 보고 싶어졌다. 그 녀석들이 거기 서서 조마조마한 마음으로 낙서를 하고 있었을 모습을 상상하니 피식 웃음조차 비어져 나왔다.

낙서 2

새로 발령 받아
찾아간
산골 학교

수세식 화장실 없어
푸세식 변소만 있는
학교

남자 소변기 있는
벽 위에 흐릿한 글씨
삐뚤삐뚤한 글씨로
쓰인 낙서

양호 선생님 배꼽은
누룽지 배꼽

우리 학교 선생님 가운데
제일로 예쁘고 상냥하고
젊은 여자 선생님이 양호 선생님이라는 걸
내게 살짝 귓속말로
알려 주는 녀석이 있었구나!

양호 선생님 배꼽은
누룽지 배꼽

오줌 지린내
똥 구린내조차
정겹게 느껴졌다.

　처음 교장으로 발령 받아 간 왕흥초등학교에는 선생님들이 사용하
는 화장실이 따로 마련되어 있지 않았다. 남자 선생님들은 남자 아이
들의 화장실을 같이 사용해야 했으며, 여자 선생님들은 여자 아이들의
화장실을 함께 사용해야 했다. 처음 그 학교에 가서 소변을 보면서 보
니 화장실 벽에 여러 가지 낙서가 있었다. 그 낙서들은 오래전부터 거
기 쓰여 있는 낙서 같아 보였다. 낙서는 흐릿하게 되어 있었다. '양호
선생님은 누룽지 배꼽.' 뭐, 이런 낙서가 다 있나? 무척 재미있다는 생
각이 들었다. 그 학교에 처녀 선생님은 양호 선생님 한 분밖에 없는데
그 양호 선생님의 배꼽이 누룽지 배꼽이란 말인가? 아이들이 정말로
그 처녀 선생님의 배꼽을 보고 나서 이런 낙서를 한 것은 아닐 것이다.
누룽지 배꼽이란 어떤 배꼽일까? 누룽지란 말과 배꼽이란 말이 이상
하게 어울리기도 하고 안 어울리기도 한다는 생각이 들었다. 누룽지
배꼽? 정말 그런 배꼽이 있기나 한 것일까? 고개를 갸웃하면서 교무
실로 돌아와 양호 선생님에게 부탁했다. "선생님, 미안하지만 화장실,
남자들 소변보는 곳의 벽에 있는 낙서 좀 지워 주실래요?"

상쾌

시골 살면서도 꽃 한 포기 가꿀 줄 모르고
풀 한 포기 뽑을 줄 모르는 시골 아이들 위해
아이들과 함께 학교 처마 밑 좁은 땅에
봉숭아꽃을 심고 학교 실습지 한 귀퉁이에
고구마 순을 묻었다

봉숭아꽃을 심으며 꽃이 피면
손톱에 꽃물 들여 주고
고구마 순을 묻으며 가을 오면
함께 고구마를 캐 보자고 약속했다

아이들은 길길이 뛰면서 좋아했다
초등학교 2학년 어떤 아이는
가슴이 상쾌하다고 말했다
상쾌란 말이 무슨 뜻인지 알고나
하는 말이었을까

아이들 가슴속에 가을이
먼저 와 있었다.

2006. 대훈나눔

상서초등학교 교장으로 있을 때였다. 학교에 호미가 몇 개 있냐고 물어보니 두 자루밖에 없다고 했다. 왜 두 자루냐고 다시 물으니 학교 아저씨들이 두 사람이어서 두 자루라는 것이었다. 그 뒤, 나는 호미를 한 학급 어린이들 수만큼 사 오라고 했다. 왜 한 학급 어린이 수만큼 호미가 있어야 하나? 한 학급 어린이들이 한꺼번에 풀을 뽑거나 흙을 파기 위해서 그렇다. 마침 상서초등학교에는 교문 앞에 실습지가 있었다. 나는 그 실습지에 고구마를 심자고 제안했다. 고구마는 땅을 일구고 순을 심어 놓기만 하면 자라는 농작물이다. 농약을 해 줄 것도 없고 풀만 가끔 뽑아 주면 가을에 커다란 고구마를 우리에게 선물해 준다. 한 학년에 한 두둑씩 고구마를 심었다. 모두들 호미를 들고 한 사람이 두세 개씩 고구마 싹을 심었다. "얘들아, 우리 가을에 함께 고구마를 캐 보자." 나는 고구마를 다 심고 나서 아이들에게 말했다. "와!" 아이들이 한꺼번에 소리를 지르며 좋아했다. 2학년 남자 아이였던가? 교무실로 돌아오는 나를 따라오면서 말했다. "교장 선생님, 고구마를 심고 났더니 가슴이 상쾌해요."

좋은 날

빨간 불 신호등에 막혀 선 아침 시내버스. 저쪽 버스에 탄 조그만 여자 애가 나를 쳐다보고 있다. 눈이 크고 둥그스름 예쁘장한 얼굴이다. 초등학교 3학년쯤이나 되었을까? 아닌 게 아니라 공주교육대학교부설초등학교 교복 차림이다. 나와 눈이 딱 마주치자 까딱하더니 고개 숙여 인사를 한다. 혹시 나를 아는 아이일까 싶지만 아무래도 모르겠는 얼굴이다. 제가 알고 있는 어떤 사람과 혼동해서 그런 건 아닐까? 나는 버스 유리창을 열고 아이에게 인사를 한다. 학교 잘 갔다 와. 그리고 공부 잘해. 아이도 버스 유리창을 열더니 예 하고 공손히 대답을 한다. 참 모를 일이다. 아이는 내가 이십 년도 전에 제가 다니는 학교에서 선생님으로 있었다는 걸 알고서 그러는 것일까? 아이는 제 오늘 일기장에 ……아침에 학교 가다가 저쪽 버스에 탄 이상한 할아버지 한 사람을 만났다…… 라고 써넣지나 않을까. 아무튼 오늘은 아주 특별한 날, 좋은 날. 잘 살아 보아야 겠다.

살다 보면 가끔은 이상한 일을 만나게 된다. 엉뚱한 일을 당하게도 된다. 이 시도 그런 엉뚱한 일에 대해서 쓴 것이다. 시내버스를 타고 학교에 출근하는 아침. 사거리의 신호등 앞에서 여러 대의 시내버스가 멈춰 서서 신호가 바뀌기를 기다리고 있었다. 시내버스 안이 답답해서 차창을 조금 연 뒤에 밖을 내다보고 있었을 것이다. 그런데 저쪽에 서 있는 또 한 대의 시내버스의 유리창이 열렸다. 그러더니 한 여자 아이가 거기로 얼굴을 내밀고 방싯 웃는 것이었다. 모르는 아인데……. 그런 생각을 하고 있는 사이, 그 아이가 나를 향해 고개를 한 번 까딱해 보였다. 어라! 저 애가 이제는 인사까지 하네. 나는 나도 모르게 한마디 했다. "학교 잘 갔다 와. 그리고 공부 잘해." 그랬더니 글쎄, 그 아이는 기다렸다는 듯이 "예." 하고 대답했다. 참으로 모를 일이다. 내가 왜 그날 그 낯모르는 아이에게 그런 말을 했는지. 그 아이는 왜 나에게 그렇게 공손히 인사를 했고 나의 말에 "예." 하고 공손히 대답을 했는지. 세상에는 이렇게 까닭을 알 수 없는 일도 더러는 있는가 보다. 그렇지만 그날은 기분 좋은 날이었다.

애들아 반갑다

아침마다 문을 조금씩 열어 놓는다
혹시나 유리창에 가려 방 안으로
들어오지 못하는 수줍은 햇빛들도 들어오게 하고
바람이며 새소리도 조금 들어오게 하기 위해서다

바람을 따라 먼지 같은 것도
덤으로 들어온단들 어떠랴!
들어와 나랑 함께 잠시 놀다가 다시
밖으로 나가면 될 일이 아니겠나?

현관 쪽으로 난 문도 빵긋이 조금 열어 놓는다
아이들 떠드는 소리 아이들 후당탕거리며
지나가는 발자국 소리들도 조금 들어와
내 마음속에 잠시 머물어 놀다 가기를
바라는 마음에서다

애들아, 반갑다
다 반갑다.

아침에 출근해서 교장실에 들어와 제일 먼저 하는 일은 마음에 드는 시디 한 장을 골라 음악을 틀어 놓는 일이다. 그렇게 되면 빈방이 가득해지고 환해지는 느낌을 받는다. 그런 뒤에 천천히 컴퓨터를 켜거나 창문을 열거나 전화를 걸거나 한다. 내가 출근해서 가장 먼저 음악을 듣는 것은 내 귀를 아름다운 소리로 채우기 위해서이다. 만약 음악으로 내 귀를 채우지 않으면 여러 가지 시끄러운 소리들이 먼저 내 귓속으로 들어와 나를 흔들고 나를 속상하게 만들고 나를 어지럽게 만든다. 이렇게 음악을 듣고 난 뒤에는 아이들이 떠드는 소리, 장난치는 소리를 들어도 하나도 시끄럽게 들리지 않는다. 그런 소리들조차 음악으로 들린다. 가끔은 현관 쪽으로 난 문을 열어 놓고 일부러 아이들 떠드는 소리에 귀를 기울일 때도 있다. 생각해 보면 아이들 떠드는 소리가 있어 학교가 정말 학교가 아닐까, 그런 생각이 들기도 한다. 아이들 떠드는 소리가 있어야 학교는 살아 있는 학교가 된다. 옛날 어른들은 집 안에서 나는 좋은 소리로서 세 가지가 있다고 말씀하셨다. 첫째는 아이 우는 소리, 둘째는 선비 글 읽는 소리, 셋째는 빨래 다듬는 방망이 소리. 그렇다면 우리 학교에서 나는 좋은 소리로서 무엇이 있을까? 첫째가 아이들 노랫소리, 둘째가 선생님 공부 가르치는 목소리. 셋째는 무엇이 될까? 언뜻 떠오르지 않지만 한 번 차근히 생각해 볼 일이다.

현관 쪽으로 난 문도 삥긋이 조금 열어 놓는다
아이들 떠드는 소리 아이들 후당탕거리며
지나가는 발자국 소리들도 조금 들어와
내 마음속에 잠시 머물어 놀다 가기를
바라는 마음에서다

                    -「얘들아 반갑다」 부분

차마

며칠을 두고
파리 한 마리
잡지 않았다

여름 방학을 하여
아이들 없는 시골 초등학교
2층에서도 교장실
오직 살아 숨 쉬는 것은
저와 나, 둘뿐이기에

며칠을 두고
파리채를 차마
들지 못했다.

방학이 되어 아이들이 모두 집으로 돌아간 학교는 쓸쓸하다. 커다란 학교 건물이 잠을 자는 커다란 짐승같이 느껴진다. 나는 방학이 된 뒤에도 계속해서 학교에 간다. 교장실에 가서 컴퓨터를 가지고 여러 가지 일을 하기도 하고 그림을 그리기도 하고 글을 쓰기도 한다. 조용히 앉아 교장실 안을 둘러본다. 파리 한 마리가 눈에 띈다. 저놈 봐라. 사람을 귀찮게 하는 파리. 나는 파리채를 들고 파리를 잡으려 한다. 그러나 이내 파리채를 내려놓는다. 학교 2층에 있는 생명체는 나와 파리뿐. 그렇다면 저 파리 한 마리는 얼마나 귀중한 생명체인가! 나는 파리를 그냥 내버려 두기로 한다. 파리와 함께 교장실 안에서 잘 지내 보기로 한다.

전학 간 친구 그리워

한 송이 제비꽃 보라색 꽃잎 속에는
전학 간 친구 얼굴이 나를 보고 웃고 있어요
친구야 친구야 나의 친구야
전학 갈 때 내 손을 잡고 울먹이던 친구야
너 없이 나 혼자서 오고 가는 학교 길
봄이 오니 친구가 더욱더 보고 싶어요

한 송이 민들레 샛노란 꽃잎 속에는
떠나간 친구 모습이 나를 보고 웃고 있어요
친구야 친구야 나의 친구야
전학 갈 때 웃는 네 얼굴 데리고 간 친구야
너 없이 나 혼자서 오고 가는 학교 길
꽃이 피니 친구가 더욱더 그리워져요.

2006.

왕흥초등학교는 전교생이 45명. 1학년과 4학년이 복식 수업이고 2학년과 5학년도 복식 수업을 하고 있다. 그 학교가 처음부터 그렇게 작은 학교였던 것은 아니다. 아이들이 자꾸만 큰 도시의 학교로 전학을 가서 그렇다. 이사를 가기도 하지만 이사는 가지 않고 전학을 가는 아이들도 있다. 그런 아이들은 아침저녁으로 엄마나 아빠가 자동차로 실어다 주고 또 실어 오고 한다. 그런 걸 옆에서 뻔히 보면서 전학을 가지 못하는 아이들은 속이 상하게 마련이다.

4학년에 다니는 정유민이란 여자 아이가 있었다. 조그맣고 귀여운 아이인데 공부도 잘하고 글쓰기도 곧잘 하는 아이였다. 유민이네 마을에서 우리 학교에 다니던 아이들이 차례로 전학을 갔다. 나중에는 유민이 하나만 남게 되었다. 그래도 유민이는 전학을 가지 않고 계속 다니던 학교를 다니겠다는 말을 했다. 그렇게 말하는 유민이가 여간 대견스런 게 아니었다. 아침마다 유치원생인 남동생 손을 잡고 씩씩하게 학교를 오는 유민이를 바라보면 믿음직스럽기도 하고 안쓰럽기도 했다. 그런 유민이가 어느 날 글쓰기 시간에 쓴 글이다.

'우리 학교를 같이 다니던/ 미라 언니와 소연이가 전학 가고/ 이제는 나 혼자……// 쓸쓸하다/ '이제 나는 어떻게 해야 하나?' / 자꾸 이런 생각이 든다// '나도 전학을 가야 하나?' / 이제는 나 혼자……'

유민이의 글을 읽고 나니 마음이 우울해져 학교 운동장으로 나갔다. 운동장에는 봄이 와 여러 가지 풀들이 돋아나 있었다. 민들레와 제비꽃이 제일 많이 피어 있었다. 저절로 내 마음속에도 한 편의 시가 떠올랐다. 전학 가는 친구들을 생각하면서 마음 아파하는 유민이를 생각했더니 나도 따라서 마음이 아파 왔다.

응?

초록의 들판에
조그만 소년이
가볍게 가볍게
덩치 큰 소를 끌고 가듯이

귀여운 어린 아기가 끌고 가는
착하신 엄마와 아빠

어여쁜 아이들이 끌고 가는
정다운 학교와 선생님

아가야, 지구를 통째로
너에게 줄 테니
잠들 때까지 망가뜨리지 말고
잘 가지고 놀아라, 응?

2006.
네가그린

　우리 집에서 가장 힘이 센 사람이 누구일까? 아빠나 엄마일까? 아
니면 할머니 할아버지일까? 그럴 수 있다. 그렇지만 그보다 더 힘이
센 사람은 아기이다. 아기가 중요한 사람이기에 그렇다. 아기가 사랑
스러운 사람이기에 그렇다. 아기가 병이 났을 때를 떠올려 보자. 온 집
안 식구들이 아기를 위해 걱정한다. 서둘러 아기를 병원에 데리고 가
서 치료해 준다. 또 아기에게 맛난 것, 좋은 것을 먹도록 해 주기도 한
다. 그러다가 아기가 아픈 것이 나아서 방긋방긋 웃을 때를 떠올려 보
자. 어둡던 집안에 웃음꽃이 피고 환해지는 것을 보았을 것이다. 그만
큼 아기는 힘이 센 사람이다. 학교에서는 누가 가장 힘이 센 사람일
까? 아이들이 가장 힘이 세다. 아이들이 사랑스러운 사람이기 때문에
그렇다. 아이들이 중요한 사람이기 때문에 그렇다. 여러분들은 그만
큼 힘이 세고 중요한 사람들이다. 아름다운 사람들이다. 집도 여러 어
린 사람들을 위해서 있는 것이고 학교도 여러 어린 사람들을 위해서
있는 것이다.

귀여운 어린 아기가 끌고 가는
착하신 엄마와 아빠

어여쁜 아이들이 끌고 가는
정다운 학교와 선생님

— 「응?」 부분

2부 징검다리

노래

노래는 어디에서 오는가?
마을에서도 변두리
변두리에서도 오두막집
어둠 찾아와
창문에 불이 켜지고
나무 아래 내어다 놓은 들마루
그 위에 모여 앉아 떠들며
웃으며 노는 아이들

— 거기에서 온다

노래는 어디에서 오는가?
한길에서도 오솔길
오솔길이 가다가 발을 멈춘 곳
도란도란 사람들 목소리
들려오는 오두막집
개구리라도 청개구리
따라서 노래 부르는 들창

— 거기에서 온다.

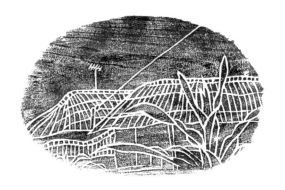

　내가 사는 공주 금학동은 산골 마을이다. 주변에 아파트도 있고 큰 학교나 건물도 있지만 조금만 걸어 나가면 오솔길이 있고 논이나 밭이 있고 산이 나온다. 어느 날 산책을 하다 개울가에 지어진 조그만 집을 만났다. 그 집에는 젊은 엄마와 아빠가 눈이 초롱같이 맑고 예쁜 사내아이 둘과 살고 있다. 그 집 대문 앞에는 왕관초라고 불리기도 하고 족도리꽃이라고도 불리는 풀꽃이 두어 포기 자라고 있다. 날이 어두워지면 개울 건너 저만큼 조그만 불이 하나 켜진다. 그 집 창문에 켜진 불빛이다. 어디선가 청개구리가 운다. 개구리 울음소리 뒤에 아이들의 노랫소리도 들리는 듯싶다.

징검다리 2

봉숭아꽃이 봉숭아꽃인 줄 모르는
아이들에게도 봉숭아꽃이
어떠한 꽃인지 알려 주어야 한다

봉숭아꽃 봉숭아꽃
소리 내어 이름을 불러 줄 때마다
아이들 마음속으로 하나씩 놓이는
징검다리

그 징검다리를 타고 건너오는
풀덤불과 소낙비와 봉숭아꽃
빨가장이 입술

아이들은 제 마음속 징검다리가
끝난 곳쯤에서 징검다리를
새로 더 놓으며 멀리 아주
멀리까지 가기도 할 것이다.

징검다리는 개울에만 있는 것은 아니다. 어쩌면 징검다리는 우리들 마음속에도 있을지 모른다. 멀리 살고 있는 친구를 그리워하는 마음이라든지 잊혀진 것들을 다시 생각해 내는 것도 사실은 하나의 징검다리인지 모른다. 친구를 생각하고 편지를 쓰거나 이메일을 쓰는 것은 마음속에 있는 징검다리를 건너는 일과 같은 것인지도 모른다. 잊고 지냈던 꽃 이름 하나하나, 노랫말 하나하나를 다시금 떠올려 보는 일 또한 마음속에 있는 징검다리를 건너는 일인지도 모른다. 그렇다면 나는 친구들 마음속에 하나씩 자리 잡은 조그만 징검다리가 아닐까?

야이들은 제 마음속 징검다리가
끝난 곳쯤에서 징검다리를
새로 더 놓으며 멀리 아주
멀리까지 가기도 할 것이다.

- 「징검다리 2」 부분

우리 아기 새로 나는 이빨은

우리 아기 새로 나는 이빨은
서투른 농부가 심어 놓은 논바닥의 허튼모.

누가 허튼모 심어 주더나?
하느님이 허튼모 심어 주셨지.

우리 아기 새로 나는 이빨은
썽글썽글 못생긴 옥수수 알.

누가 옥수수 알 심어 주더나?
하느님이 옥수수 알 심어 주셨지.

우리 집에는 아기가 조금 늦게 찾아왔다. 결혼하고 4년 만에 첫아기를 낳았다. 그것도 병원 다니면서 여러 가지 치료를 받은 뒤에 겨우겨우 아기를 낳을 수 있었다. 그렇기 때문에 우리 집에서 아기는 더욱 소중한 사람이고 사랑스러운 사람이었다. 그 아기가 자라면서 잇몸에 이가 하나씩 솟아나기 시작했다. 처음 아기 잇몸에 솟아나는 이는 비뚤비뚤하다. 제멋대로 심어 놓은 논바닥의 모처럼 그렇게 솟아난다. 또 성글게 익은 옥수수 알맹이같이 보이기도 한다. 그렇지만 아기의 이는 사랑스럽고 귀엽다. 조금 비뚤비뚤하면 어떻고 성글면 어떤가? 그렇기 때문에 더욱 사랑스럽고 귀여운 것이 아닌가? 이 세상의 모든 것들은 바라보는 사람의 마음에 따라 얼마든지 변할 수 있다. 예쁘지 않은 것도 예쁘게 보일 수 있고 사랑스럽지 않은 일도 사랑스럽게 보일 수 있다.

지구를 한 바퀴

아빠는 일터에 나가고
혼자서 아기 키우는 엄마,

아기를 재워 놓고
기저귀 빨려고
들 샘에 나가서는
아기 혼자 깨어 우는 소리
귀에 쟁쟁 못이 박혀서
갖추갖추 빨랫감 헹궈 가지고
지구를 한 바퀴 돌아오듯
바쁘게 돌아옵니다.

마늘밭 지나 보리밭 지나
교회 앞마당을 질러옵니다.

2006. 다대

시골에 있는 집을 빌려 아기와 셋이서 살 때였다. 집 안에 수도 시설이 없어 엄마는 아기 기저귀를 가지고 들에 있는 샘물에 가서 빨래를 하곤 했다. 아빠는 학교에 가서 아이들을 가르쳐야 했기 때문에 엄마혼자 아기를 보다가 아기가 잠이 들면 그때 들 샘에 가서 아기 기저귀를 빨았다. 엄마는 빨래를 하면서도 아기가 깨어 엄마를 찾으면 어떻게 하나, 그것이 걱정이었다. 혹시 아기가 잠에서 깨어 마루로 기어 나오기라도 하면 어떻게 하나, 그러다가 다치기라도 하면 어떻게 하나? 빨래를 하면서도 걱정을 놓을 수 없었다. 그렇게 걱정을 하다 보니 진짜로 아기가 잠에서 깨어 엄마를 찾으며 우는 소리가 들리는 것 같기도 했다. 엄마의 마음은 점점 조급해졌다. 하는 수 없이 엄마는 기저귀빨래를 대충대충 해서 함지에 담아 머리에 이고 집을 향해 걷기 시작했다. 엄마의 걸음은 마치 지구를 한 바퀴 돌아서 집으로 오는 사람처럼 멀기도 하고 바쁘기도 하고 힘들기도 했다. 그렇게 마당에 들어섰을 때 아기 우는 소리가 들리지 않으면 엄마는 비로소 마음이 놓이곤했다.

아기를 재우려다

아기를 재우려고 엄마가 아기를 끼고 누우면
아기의 숨소리가 너무 고와서
아기의 숨결이 너무 향기로워서
엄마는 그만 아기보다 먼저 잠이 들고
아기는 잠든 엄마 곁에서
방글방글 웃고 있다.
엄마가 아기를 재우는 것인지,
아기가 엄마를 재우는 것인지…….

아기를 키우다 보면 엄마는 바쁘고 피곤하다. 밤에도 몇 번씩 잠에
서 깨어 젖을 주어야 하고 기저귀를 갈아 주어야 하고 아기가 아플 때
는 뜬눈으로 밤을 꼬박 새울 때도 있다. 낮에도 아기와 놀아 주어야 하
고 이것저것 아기를 돌보아 주어야 한다. 그래서 엄마는 늘 피곤하고
잠이 부족하다. 요를 깔고 아기를 가슴에 안고 재우려고 누워 있으면
엄마가 먼저 잠이 들고 말 때도 있다. 조그마한 소리로 코를 골면서 잠
이 든 엄마 옆에서 방글방글 웃고 있는 아기의 얼굴. 이 세상 어떤 풍
경보다도 아름다운 풍경이고 어떤 그림보다도 아름다운 그림이다.

엄마의 소원

아기가 자라면
엄마는 늙고

엄마는 늙어도
아기는 자라야 하고

엄마의 소원은
아기가 잘 자라는 것뿐…….

시간이 가고 날이 가면 아기는 자란다. 부쩍부쩍 자란다. 몸집이 자라고 키도 자라고 하는 짓도 하루가 다르게 변한다. 고개를 가누지도 못했는데 며칠 사이 고개를 가눌 줄도 알게 된다. 고개만 겨우 가눌 줄 알던 아기가 옆치기를 하고, 팔을 뻗어 방바닥을 기고, 제 힘으로 똑바로 서고, 걸음마를 하고……. 옆에서 바라만 봐도 가슴이 설레는 일이다.

이런 아기를 보면서 엄마는 가끔 생각해 본다. 우리 아기는 계속해서 자랄 것이다. 자라서 어른이 될 것이다. 그렇게 되면 엄마는 어떻게 될까? 아빠는 또 어떻게 될까? 아기가 자라는 만큼 엄마나 아빠는 점점 나이를 먹게 되고 늙은 사람이 될 것이다. 그렇다고 시간이 가지 말라고 할 수 있는가? 세상에는 그 무엇도 공짜로 얻어지는 것은 없다. 무엇이든지 귀중한 것을 주고서 대신해서 받는 것이다. 우리는 그렇게 우리 엄마 아빠가 나이를 먹고 늙은 대가로 자라는 것이다.

아기 신발 가게 앞에서

세상 살맛
무척이도 없는 날은
길거리 아기 신발 가게를 찾아가
유리창 안에 갇힌
아기 신발들을 바라본다
조그맣고 예쁘고 고운 아기 신발들에
담길 만큼의 사랑과 기쁨과
세상 살 재미들을 요량해 본다
저 신발의 임자는 누구일까……
저 신발을 신고 걸어 다닐
조그맣고 보드라운 맨발을 가진
어린 사람은 누구일까……
유리창 너머 풀밭 사잇길로
아기가 웃으며 걸어온다
아기는 구름 모자를 썼다
아기는 바람의 옷을 입었다
아가, 이리 온
소리 내어 부르자 아기는 사라지고
차디찬 유리창만이 내 앞을
막아설 뿐.

2006.
나태주

　거리를 가다 보면 아기 물건만 파는 가게를 만날 수 있다. 거기엔 모
두가 귀여운 것들만 있다. 아기 장난감, 아기 옷, 아기 모자, 인형 등.
그 가운데에는 아기 신발도 있다. 너무나 작고 앙증스럽게 예쁜 신발.
저렇게 작은 신발도 있었나? 저렇게 작은 신발을 신고 다닐 아기의 발
은 얼마나 작을까? 얼마나 부드럽고 예쁜 발일까? 그런 생각을 해 보
는 것만으로도 마음이 따뜻해진다.

행복 1

1

딸아이의 머리를 빗겨 주는
뚱뚱한 아내를 바라볼 때
잠시 나는 행복하다
저희 엄마에게 긴 머리를 통째로 맡긴 채
반쯤 입을 벌리고
반쯤은 눈을 감고
꿈꾸는 듯 귀여운 작은 숙녀
딸아이를 바라볼 때
나는 잠시 더 행복하다.

2

학교 가는 딸아이
배웅하러 손잡고 골목길 가는
아내의 뒤를 따라가면서
꼭 식모 아줌마가
주인댁 아가씨 모시고 가는 것 같아
놀려 주면서
나는 조금 행복해진다
딸아이 손을 바꿔 잡고 가는 나를
아내가 뒤따라오면서

꼭 머슴 아저씨가
주인댁 아가씨 모시고 가는 것 같아
놀림을 당하면서
나는 조금 더 행복해진다.

　내게는 아들이 하나 있고 딸이 하나 있다. 물론 지금은 모두 어른이
되었지만. 아들아이는 윤이, 딸아이는 민애. 윤이가 오빠고 민애가 동
생이다. 나의 시에는 딸아이 민애가 자주 등장한다. 이 시도 그런 시
가운데 하나이다. 어느 날 아침 민애가 학교 가는 길이었던 모양이다.
나는 저희 엄마가 머리를 빗겨 주는 민애를 바라보며 행복한 마음이
되었다. 민애의 손을 잡고 함께 학교로 가면서 다시 한 번 행복한 마음
이 되었다.
　지금 생각해 보면 내게도 그런 날들이 있었던가 싶다. 이럴 줄 알았
으면 그 때, 아이들이 어렸을 때 아이들에게 더 잘해 줄걸 하는 생각이
든다.

오늘 퇴근하면은

오늘 퇴근하면은
초등학교 3학년 다니는
큰아이
업어 주어야겠다
그 녀석 몸집이 더 커지면
힘이 부쳐 못 업어 줄 테니
아직 어릴 때
몸집이 작을 때
한 번이라도 더
업어 주어야겠다.

　아들 윤이는 같은 또래의 아이들보다 몸집이 크다. 아빠는 그런 윤이를 볼 때마다 믿음직스럽다는 생각을 한다. 어려서 아빠는 윤이를 많이 업어 주었다. 엄마가 동생 민애와 함께 외출을 한 날이면 아빠는 윤이를 등에 업고 골목길로 나가 엄마 마중을 하기도 했다. 윤이가 더 어렸을 때는 자전거 앞자리 조그만 의자에 태우고 시골길을 달리기도 했다. 그러다가 윤이가 꼬박꼬박 조는 바람에 윤이를 등에 업고 자전거를 한 손으로 끌면서 집으로 돌아온 일도 있다. 윤이가 나중에 자라서 어른이 되면 제가 아주 조그만 아이였던 때를 기억할까? 아빠가 자기를 등에 업어 주었던 때를 기억할까?

무동 태우기

아시안 게임 성화 봉송 행렬이
공주의 네거리를 지나가던 날
무슨 살 판 죽을 판으로
몰리는 사람들 틈에 끼어
나도 무슨 살 판 죽을 판으로
성화 봉송 행렬을 구경 나갔다
그것도 어린 딸아이 손목까지 이끌고 나갔다
그러나 사람 물결에 막혀
아무것도 보이지 않았다
이왕 못 볼 바에는 딸아이라도 보라고
아이를 무동 태웠다
사이렌 소리가 나고 더욱 왁자지껄 웅성웅성
성화가 지나가는가 보다
보이니? 보이니?
응 보여
성화를 든 사람이 보이니?
사람은 안 보이고 불꽃만 보여
그래그래 다행이구나
나에겐 연기만 보이는데
너는 불꽃이라도 보았으니
다행이구나

그래그래 빛나는 내일의 세상을 살 너이니
불꽃이라도 보아 참
다행이구나.

   어린 사람들은 내일의 세상을 살아갈 사람들이다. 그러기에 어른들은 어린 사람들에게 기대를 하고 좋은 것을 주고 싶어 한다. 아마도 이 글을 읽는 어린이들의 아빠나 엄마도 그렇게 생각을 할 것이다. 또 여러분들이 나중에 어른이 되어 아빠나 엄마가 되면 여러분들도 그런 마음으로 자기의 자식들을 키우고 가르칠 것이다. 이것이 변할 수 없는 사랑의 강물이다.

비 오는 아침

팔랑팔랑
노랑나비 한 마리
춤을 추며
날아갑니다.

살랑살랑
노랑 팬지꽃 한 송이
노래하며
걸어갑니다.

우리 집 딸아이
노랑 우산 받쳐 들고 가는
아침 학교 길.

옷 벗고 추운 봄날
비 오는 아침.

2006.
따따쿵

민애가 초등학교에 들어갔다. 아침마다 오빠와 함께 학교에 가는 민애. 비 내리는 아침이면 민애는 노랑 우산을 쓰고 학교에 간다. 빗방울이 민애의 우산 위에 내려 핑그르르 돌다가 땅으로 떨어지곤 한다. 민애가 노랑 우산을 빙글빙글 돌리면서 걸어간다. 그런 민애가 한 송이 노랑 팬지꽃처럼 보이기도 한다. 저기 살아서 움직이는 팬지꽃이 한 송이 피어 있구나. 오빠를 따라 학교에 가는 민애를 바라보면서 엄마는 조용히 웃음을 머금는다. "민애야, 학교 잘 갔다 와. 오늘도 선생님 말씀 잘 듣고 친구들이랑 다투지 말고. 알았지?" 엄마는 작은 목소리로 중얼거린다.

제비

지지배배
지지배배

윤이는 오빠
민애는 동생

윤이네 집에 집을 짓자.
민애네 집에 집을 짓자.

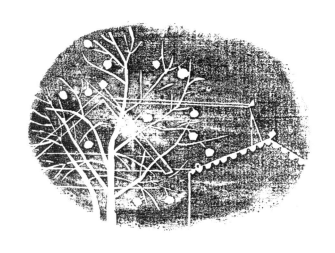

    엄마와 아빠가 집을 샀다. 그 집은 좋은 집이 아니다. 새로 지은 집
도 아니다. 남들이 오랫동안 살다가 싼값으로 판 집이다. 그러나 엄마
와 아빠는 '우리 집' 이 있다는 것만 그저 고맙고 감사하다. 이 집은 엄
마 아빠의 집이지만 윤이네 집이고 민애네 집이다. 겨울에 집을 사서
이사를 왔는데 봄이 되자 처마 밑에 제비들이 찾아와 집을 지었다. 제
비는 마음씨 착하고 좋은 사람들이 사는 집만 찾아다니며 집을 짓는다
는 말이 있다. 윤이네 집은 마음씨가 착한 사람들만 사는 집인가 보다.
민애네 집은 마음씨가 좋은 사람들만 사는 집인가 보다. 제비야, 고맙
다. 우리 집에 집을 지어 주어서 고마워.

고드름

아빠, 고드름이 많이 열리는 집이
행복이 많이 찾아오는 집이라면서?
그럼, 그럼,
우리 집이야말로 행복이
많이 찾아오는 집이고말고
봄이 와도 고드름이
쉽게 녹지 않는 우리 집
그늘진 산 아래 마을
고드름 부자 우리 집.

윤이와 민애네 집은 산 아래에 있다. 산의 그늘이 늘 집을 덮고 있어 어둡고 춥다. 봄이 와도 눈과 얼음이 빨리 녹지 않는다. 처마 밑엔 봄이 다 가도록 고드름이 매달려 있다. 지나가던 동네 아이들이 그것을 보고 고드름 부자라고 별명을 지었다. 어느 날 윤이가 아빠에게 물었다. "아빠, 아빠? 아이들이 우리 집 보고 고드름 부자래." "그래? 그건 우리 집이 좋다는 얘기야." 윤이는 아빠가 왜 고드름이 많이 열리는 우리 집을 좋은 집이라고 말하는지 모르겠다. 아빠 말대로 우리 집이 정말 좋은 집일까?

누나 생각

조그만 새였나 보다 은빛 날개를 가진
누나는 어여쁜 새였나 보다
고갯마루 올라설 때까지 뒤따라오며
지절거리다가 속삭여 주다가

뒤돌아보면 포르르 사라져 버린
누나는 무지갯빛 바람개비
누나야 누나야 오늘도 언덕에 올라
혼자서 불러 본다 고운 이름아.

　나는 누나가 없다. 어렸을 때 누나가 있는 아이들이 무척 부러웠다.
겨울철이면 누나가 있는 아이들은 털실로 짠 목도리를 두르고 다녔다.
털실로 예쁘게 짠 장갑을 끼고 다니는 아이들도 있었다. 나는 누나가
있는 아이들이 부러웠다. 아니, 어쩌면 아이들의 털목도리나 털장갑
이 더 부러웠는지도 모른다. 자라서 어른이 된 뒤에도 나에게 누나는
늘 그립고 아름다운 이름이다.

알밤 따기

키 큰 미루나무가 더 커 보이는 가을입니다.
슬픈 소리를 내는 미루나무가 더욱 슬픈 소리를 내는 한낮입니다.

할아버지와 손자가 밤나무 숲에 들어가
밤을 땁니다.
할아버지는 청대로 밤을 후리고
손자는 좋아라 알밤을 줍고

할아버지는 지금 할아버지가 소년이었을 때
할아버지의 할아버지와 오늘처럼
밤을 따던 일을 생각합니다.

할아버지는 지금 이 늙은 밤나무 아래
알밤이 떨어져 싹이 터서 다시 밤이 열리면
오늘의 소년이 할아버지 되어
다시 손자 아이들 데리고 와 오늘처럼
밤을 딸 것을 생각합니다.

할아버지가 그 때 까맣게 모르셨던 것처럼
손자는 아직 어려 짐작도 못하는 일이지만,
짐작도 못하는 일이지만······.

　나에게는 할아버지가 안 계셨다. 다른 친구들이 할아버지와 함께 살고 있는 것을 보면 매우 부러웠다. 할아버지가 계시다면 나는 할아버지와 무슨 일을 할까? 생각하다가 이런 시를 써 보았다. 곡식도 익고 과일도 익어 가는 가을날, 할아버지와 함께 밤나무에 매달린 밤을 따면 어떨까? 생각만 해도 즐겁고 신나는 일이다. 이렇게 우리는 실제로 없는 물건을 가지고 시를 쓸 수도 있고 실제로 안 계신 어른을 주인공으로 글을 써 볼 수도 있다. 이것이 바로 상상력이다. 상상력은 그 무엇인가를 그리워하고 사랑하는 마음에서 나온다. 이 상상력이 우리로 하여금 글을 쓰게 하고 그림을 그리게 하고 노래를 만들게 하는 힘이다.

추석

외갓집
뒤울안 풀숲에
쥐밤들은 아무렇게나
익어 떨어져 숨어 있었다.
어린 우리는 알밤 줍는 것만이 즐거웠다.
눈여겨보지 않아도 가을은 외가 마을에만 유난히
먼저 와서 노랗게 은행잎을 물들여 놓고
시고도 달큼한 산뽀로수 따 먹는 재미로
외할아버지 성묘 길에서 나는
자꾸 뒤처진다 아버지한테
몇 번이고 몇 번이고
야단을 맞곤
했었다.
*

혼자서
오두막집 지켜
시든 잡초 더미 속
늙어 가시는 외할머니
오늘에사 달도 밝다,
외할머니 띄우신
추석 달.

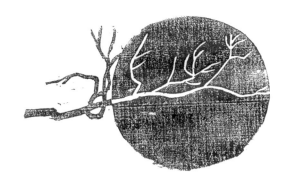

어려서 나는 친할아버지나 친할머니 산소뿐만 아니라 외할아버지 산소도 찾아가 성묘를 했다. 어른들 말씀을 들으면 외할아버지는 나를 무척 사랑하시고 예뻐하셨다고 했다. 외할아버지 산소를 찾아가는 길은 고개를 넘어 들을 건너갔다. 또 수풀 속으로 난 길을 지나갔다. 그 길가에는 뽀로수나무(보리수나무)가 줄지어 서 있었다. 뽀로수나무는 뽀로수(보리수)라는 조그맣고 예쁜 열매가 열리는 나무다. 뽀로수는 아주 달큰하고 맛난 열매다. 뽀로수를 따서 오물오물 씹어 먹는 것이 재미있었다. 아버지를 따라가다가도 뽀로수나무만 보면 그 자리에 멈춰 서서 까치발을 딛고 뽀로수 열매를 따 먹곤 했다. 그럴 때마다 성큼성큼 앞장서서 걷던 아버지는 뒤를 돌아다보며 야단을 치셨다. "얼른얼른 오지 않고 거기서 뭐하는 거냐?"

외할머니

시방도 기다리고 계실 것이다,
외할머니는.

손자들이
오나오나 해서
흰옷 입고 흰버선 신고

조마조마
고목나무 아래
오두막집에서.

손자들이 오면 주려고
물렁감도 따다 놓으시고
상수리묵도 쑤어 두시고

오나오나 혹시나 해서
고갯마루에 올라
들길을 보며.

조마조마 혼자서
기다리고 계실 것이다,

시방도 언덕에 서서만 계실 것이다,
흰옷 입은 외할머니는.

나는 네 살 때부터 외갓집에서 살았다. 외할머니와 단둘이 살면서 외갓집 마을에 있는 초등학교에 다녔다. 아버지와 어머니가 사시는 집으로 돌아와 중학교에 다닐 때에도 일요일이나 공휴일, 방학이 찾아오면 외갓집에 자주 다니러 갔다. 외할머니는 언제든 내가 찾아가기만 하면 반가워하셨고 맛난 음식을 해 주셨다. 외갓집은 언덕 위에 있었다. 언덕 위에는 죽어서 시커멓게 된 커다란 은행나무가 한 그루 서 있었다. 외할머니는 그 은행나무 옆에 서서 들길을 바라보며 나를 기다리곤 하셨다.

경이 눈 속에는

경이 눈 속에는
노오란 노오란
개나리 울타리가
잠들어 있네요.
초가집이 한 채 그 가운데
예쁘게 눈썹을 내리깔고
잠들어 있네요.

경이 눈 속에는
깊은 밤중에만 몰래 별들이
떡 감고 나오는 옹달샘이
하나 가득 고여 있네요.

하얀 솜구름같이 피어오르던
왕자님의 아카시아꽃 숲이
어지러이 바람에
설레고
아아,
경이 눈 속에는
내 얼굴이 웃고 있네요.

어렸을 때 아주 예쁜 여자 아이와 친구가 되고 싶었다. 그래서 그 아
이의 이름을 경이라고 지어 불렀다. 이 세상에는 없는 경이. 내 마음속
에서만 살던 경이. 경이란 아이를 생각하면 나는 혼자서 행복했었다.
자라서도 나는 경이를 만나지 못했다. 여전히 내 마음속에서만 살고
있는 경이. 경이는 아직도 나이를 먹지 않은 어린아이의 모습을 하고
있다.

다리

살기가 좋아지면서
길이 새로 뚫리고
다리가 새로 놓여
헌칠하게 뻗은 새 길과
새 다리 옆에
쪼그맣게 쭈그리고 앉아
쓸모없게 되어 버린
옛날의 다리

아이가 어렸을 때는 곧잘
호령도 하고 큰소리도 쳤는데
아이가 커 가면서부터
말수를 줄여 간 아버지
훌쩍 자라 버린 아이들 옆에
쪼그맣게 마주 앉아
할 말을 잃어버린
오늘의 아버지.

　'엄한 아버지에 인자한 어머니' 란 말이 있었다. 그만큼 아버지는 집 안에서나 밖에서나 힘 있고 집안 식구들에게 무서운 사람이었다. 그러나 요즘엔 그런 아버지의 모습을 찾아볼 수가 없다. 아버지들의 어깨에서 점점 힘이 빠지고 아버지들이 점점 우울해져 간다. 더구나 아이들이 하루가 다르게 자라면서 아버지들은 더욱 마음이 좁아지고 자신감을 잃어 가고 있다. 그런 오늘의 아버지를 사람이나 차들이 건너는 '다리' 로 표현해 보았다.

두 얼굴

주머니를 뒤지고
지갑을 뒤져도
돈이 나와 주지 않는다
그래도 딸아인 기대에 찬 얼굴이다
(아빠는 언제나 힘이 세고 부자니까!)
깜깜해진 아빠의 얼굴
아빠는 무너진 하늘이다
찢어진 우산이다
그래도 딸아인 여전히
아빠의 주머니 속을 믿는 눈치다
아직은 믿을 만한 구석이 아빠에게
남아 있기는 남아 있나 보다
그래, 아무리 무너진 하늘
찢어진 우산일망정
없는 거보다
나을 테니까.

아이들은 아빠가 늘 힘이 센 사람이라고 믿는다. 부자라고 믿는다.
그러나 아빠는 슈퍼맨이 아니다. 아빠도 때로는 약할 때가 있고 가난
할 때가 있다는 것을 아이들이 알아준다면 얼마나 좋을까?

행복 2

저녁때
돌아갈 집이 있다는 것

힘들 때
마음속으로 생각할 사람 있다는 것

외로울 때
혼자서 부를 노래 있다는 것.

    행복이란 먼 곳에 있는 것이 아니었다. 행복은 아주 가까운 곳에 있
었다. 행복은 남들이 가지고 있는 것이 아니었다. 행복은 이미 내가 오
래 전부터 가지고 있는 것 가운데에 있었다. 행복은 큰 것이 아니었다.
아주 작은 것이었다. 행복은 눈에 보이는 것도 아니었다. 눈에 보이지
않는 것이 행복이었다.

3 부 강물과 나는

눈길

소리는 들리는데
새가 없다
하늘에서 오는 소리일까
돌아다보니
휘청,
눈을 털고 일어서는
소나무 가지
여전히 새는
보이지 않는다.
다시 돌아서려는데
휘청,
현기증이 나려고 한다
아마도 눈 향기를 너무
많이 마셔서 그런가 보다.

눈이 많이 내린 날 아침. 들길을 걸어 학교로 출근하고 있었다. 하얗게 눈에 덮인 들판. 들판 사이로 길게 뻗은 들길도 새하얀 눈에 덮여 있었다. 그 길을 한 발자국 한 발자국 걸어 앞으로 나아갔다. 새하얀 눈 위에 햇빛이 가득 쏟아지고 있었다. 들판에 서 있는 나무 아래를 지날 때 어디선지 새소리가 들렸다. 가던 걸음을 멈추고 그 자리에 섰다. 고개를 돌려 사방을 돌아보았다. 새의 모습은 보이지 않았다. 다시 걷기 시작했다. 그러자 다시 새소리가 들렸다. 다시 발길을 멈추고 고개를 이리저리 돌려 새의 모습을 찾았다. 이번에도 새의 모습은 찾을 수 없었다. 핑그르르. 어지러웠다. 눈밭으로 쏟아지는 아침 햇빛이 너무 눈부셔서 그랬던 것일까? 눈의 향기를 너무 많이 마셔서 그랬던 것일까? 그날 아침 나는 세계의 끝을 가는 것 같은 느낌이 들었다.

다시 돌아서려는데
휘청,
현기증이 나려고 한다
아마도 눈 향기를 너무
많이 마셔서 그런가 보다.

－「눈길」 부분

3월에 오는 눈

눈이라도 3월에 오는 눈은
오면서 물이 되는 눈이다
어린 가지에
어린 뿌리에
눈물이 되어 젖는 눈이다
이제 늬들 차례야
잘 자라거라 잘 자라거라
물이 되며 속삭이는 눈이다.

3월이 되면 바람의 방향이 바뀌고 햇빛의 높이가 바뀐다. 북서쪽에
서 불던 바람이 동남쪽으로 바뀐다. 햇빛도 비스듬히 옆얼굴을 비추다
가 이마를 비추는 햇빛으로 바뀐다. 이제 추운 겨울이 물러가고 따스
한 봄이 찾아오려는가 보다. 그런 기대를 갖게 해 준다. 그러나 겨울은
쉽게 물러가지를 않고 봄은 또 쉽게 찾아오지를 않는다. 나뭇가지에
움이 트고 개나리 같은 꽃들이 피려고 하는데 갑자기 눈이 내릴 때가
있다. 그러나 크게 걱정할 일은 없다. 겨울에 오는 눈은 땅에 내려 쌓
이는 눈이지만 봄에 내리는 눈은 내리면서 녹는 눈이다. 땅에 내려서
도 녹고 나뭇가지에 내려서도 녹는 눈이다. 봄에 내리는 눈을 맞고 있
으려면 어디선가 조그맣게 속삭이는 소리가 들릴 것만 같다. 이제 잠
에서 깨어나야 해. 이제부터는 일할 때란 말이야!

과수원 옆집

배나무
자두나무
복숭아나무

두 팔 벌려
사람들아 봄이 왔다
봄이 왔다아
만세 부르고

새들은 또
짝! 짝! 짝!
손뼉을 쳐
느낌표 하나씩을
나뭇가지마다
올려놓는다

그 만세 소리
느낌표의 힘으로
나무들은 잎을 내밀고
꽃을 피운다.

볼일이 있어 서울에 갔다가 집으로 돌아오는 길이었다. 버스를 타고 있었다. 넓은 차창으로 여러 가지 풍경이 빠르게 스쳐 지나갔다. 집이 보이고 길이 보이고 산이 보이고 사람들이 보이고, 그리고 오고 가는 자동차들이 보이고……. 들판이 나타났다. 아직 풀들이 자라나지 않은 들판. 드문드문 비닐하우스만 서 있을 뿐 조금은 쓸쓸하다는 생각이 들었다. 그러다가 과일나무들을 심어 놓은 과수원이 나타났다. 배나무, 사과나무, 복숭아나무. 그 과수원 한가운데에서 두 사람이 외바퀴 수레에 거름흙을 담아 나르고 있었다. 아, 벌써 봄맞이 준비를 서두르고 있구나. 내 마음속에서도 봄이 오는 소리가 들리는 듯싶었다. 줄지어 서 있는 나무들은 봄이 오고 있다고 만세를 부르는 사람들이 아닐까? 과일나무 위로 날아다니며 지절거리는 새들은 좋아서 박수를 치는 하늘의 아이들이 아닐까? 그리고 과일나무들은 제가 부른 만세 소리와 새들이 쳐 주는 손뼉 소리를 듣고 더욱 예쁘게 새싹을 내미는 것이 아닐까? 우리는 이런 조그만 상상만으로도 즐겁고 신이 난다.

봄이 오는 길

높은 분이라도 서울서
내려오시는 겁니까?
어제부터 연이틀
소방차까지 동원해
멀쩡한 길바닥을 닦고 쓸고 하는
한심하기 짝이 없는 사람들
할 일 없는 사람들
아니지요 아니지요
봄이 오신대요
며칠만 있으면 봄님이 오신대요
그래서 봄이 오시는 길을
말끔히 치우고 있는 거래요
그러면 그렇겠지 아암 그렇겠지.

길을 가다가 소방차로 길바닥을 청소하는 사람들을 보았다. 궁금한 생각이 들어 사람들에게 물어보았다. "아마도 서울서 높은 사람이 내려온다나 봐요." 지나가던 사람이 시큰둥하게 대답했다. 나도 덩달아 시큰둥해졌다. "할 일 없으니 별별 일을 다 하고 있네그려." 그러나 나는 돌아서면서 생각을 고쳐먹기로 했다. '아닐 거야. 서울서 높은 사람이 내려온다고 해서 저러는 건 아닐 거야. 저 사람들은 지금 봄이 오는 길을 깨끗하게 만들고 있는 걸 거야.' 그렇게 생각하니 마음이 훨씬 편안해졌다.

촉

무심히 지나치는
골목길

두껍고 단단한
아스팔트 각질을 비집고
솟아오르는
새싹의 촉을 본다

얼랄라
저 여리고
부드러운 것이!

한 개의 촉 끝에
지구를 들어 올리는
힘이 숨어 있다.

길을 걸을 때 주위를 잘 살피며 걷다 보면 아주 귀한 것들을 보기도 하고 아주 아름다운 소리를 들을 수도 있다. 어느 봄날 마을의 골목길을 천천히 걷다 별다른 생각 없이 발밑을 바라보던 나는 소스라치게 놀랐다. 거기서 놀라운 일이 벌어지고 있었다. 두껍고 단단한 아스팔트를 뚫고 풀싹 하나가 솟아 나와 있지 않은가! 지난가을 아스팔트 공사를 하기 전에 흙 속에 들어 있던 풀씨 하나가 봄이 와 싹을 틔워 아스팔트의 그 깜깜한 벽을 뚫고 하늘로 치솟아 오르고 있었다. 조그맣고 연약하기만 한 풀싹이 저렇게 힘이 세단 말인가?

한 개의 촉 끝에
지구를 들어 올리는
힘이 숨어 있다.

– 「촉」 부분

산성길

산성 돌담장 길
따스한 봄 햇살 찾아 쪼르르
겨우내 여윈 다람쥐
미안하구나 나 혼자
점심 때 배부르도록
밥을 먹어서.

　어느 늦은 봄날 오후 점심밥을 먹고 공원길을 천천히 오르고 있는
데 다람쥐 한 마리가 쪼르르 달려갔다. 다람쥐는 빠르게 달려가더니
돌무더기 속으로 숨어 버렸다. 다람쥐도 나처럼 점심밥을 배부르게 먹
었을까 생각해 보았다. 다람쥐의 밥은 상수리나 도토리나 알밤과 같은
가을 열매다. 지난가을, 이 공원길에서 동네 사람들이 낙엽을 헤치고
그런 가을 열매를 줍던 일이 떠올랐다. 지난가을 그렇게 사람들이 다
람쥐의 먹이를 훔쳐 갔는데 어떻게 다람쥐는 겨울 동안 굶어 죽지 않
고 살았을까? 나는 지난가을 사람들이 다람쥐에게 한 일이 참 미안했
다. 점심때 사람들이랑 어울려 나만 배부르게 밥을 먹은 일도 미안하
다는 생각이 들었다.

봄

딸기밭 비닐하우스 안에서
아기 울음소리 들린다
응애 응애 응애

아기는 보이지 않고
새빨갛게 익은 딸기들만
따스한 햇볕에
배꼽을 내놓고 놀고 있다

응애 응애 응애
아기 울음소리
다시 들리기 시작한다.

논산의 호암초등학교에서 교감으로 일하고 있었을 때이다. 학교에 가려면 버스에서 내려 한동안 들길을 걸어야 했다. 그 들길에는 비닐하우스가 여러 채 있었다. 나는 비닐하우스 속에서 자라고 있는 채소와 열매들이 궁금했다. 어느 날 퇴근하는 길이었다. 햇볕이 아주 많이 따스했다. 비닐하우스 옆을 지나가는데 무슨 소린가 들리는 듯싶었다. 아기 우는 소리처럼 들렸다. 들고양이 울음소린가? 귀를 세우고 그쪽을 보았지만 고양이는 보이지 않았다. 발길을 멈추고 비닐하우스 속을 기웃거렸다. 마침 열어 놓은 문으로 안의 풍경이 환하게 드러나 보였다. 새빨갛게 익은 딸기들이 눈에 띄었다. 딸기들은 아주 잘 익어 초록빛 이파리 위에 누워 있었다. 마치 엄마 가슴에 안겨 젖을 빨거나 방긋방긋 웃고 있는 아기들처럼 보였다. 아, 너희들이 나를 불렀구나.

봄철의 입맛

문득
씀바귀나물이
먹고 싶다.

싸아 하니
입 안 가득 감겨 오는
쌉쌀한 씀바귀나물의 혀.

씀바귀나물에선
외할머니 냄새가 난다.

씀바귀나물에선
어린 날의 냄새가 난다.

아아
느릿느릿 허물 벗고 나서는
새 햇빛 앞세워
새로 어린 날,

새 옷 사 달래서 호사하고
오랜만에 외할머니 만나러
외갓집에 가고 싶다.

어렸을 때는 십 리 밖에 있는 외갓집에 가는 것이 가장 즐거운 나들이었다. 외갓집에 가면 외할머니가 여러 가지 맛난 음식을 해 주셨다. 외할머니는 나물 반찬을 잘하셨다. 시래기나물, 호박고지나물, 배추나물, 아주까리나물, 파나물……. 그 가운데 씀바귀나물도 있었다. 씀바귀나물은 이른 봄에 먹는 반찬이다. 외할머니는 봄이 오자마자 들로 나가 씀바귀만 골라 캐다가 나물을 만드셨다. 처음 그 반찬을 먹었을 때 쓴맛이 싫었다. 그러나 여러 번 먹다 보니 쓴맛이 좋다는 것을 알았다. 씀바귀나물을 오래 씹어 보면 향긋한 냄새와 고소한 맛이 쓴맛 속에서 우러나오는 것을 느낄 수 있다. 어느 사이 나는 조금은 쌉쌀한 씀바귀나물을 매우 좋아하는 아이가 되었다. 외할머니는 그런 나를 위해 봄이면 어김없이 씀바귀나물을 마련해 놓고 기다리셨다.

외갓집에 갈 때는 언제나 새 옷을 입었다. 새 옷을 입고 햇빛이 밝은 들판 길을 지나 외갓집 마당으로 들어서면서 "할머니!" 하고 부르면 외할머니는 대번에 내 목소리를 알아듣고 창호지 문을 열고 반갑게 뛰어나오셨다. 그럴 때마다 외할머니는 이렇게 말씀하시곤 했다. "오늘 날씨가 아주 밝고 햇빛이 좋아서 네가 올 줄 알았단다." 어른이 된 뒤에도 날이 밝고 햇빛이 환한 날이면 외할머니를 만나러 가고 싶어졌다. 새 옷을 사서 입으면 외갓집에 가고 싶어졌다.

5월 아침

가지마다 돋아난
나뭇잎을 바라보고 있으려면
눈썹이 파랗게 물들 것만 같네요.

빛나는 하늘을 바라보고 있으려면
금세 나의 가슴도
바다같이 호수같이
열릴 것만 같네요.

돌 덤불 사이 흐르는
시냇물 소리를 듣고 있으려면
내 마음도 병아리 떼같이
종알종알 노래할 것 같네요.

봄비 맞고 새로 나온 나뭇잎을 만져 보면
손끝에라도 금시
예쁜 나뭇잎이 하나
새파랗게 돋아날 것만 같네요.

2006.
나태주

　5월이면 모든 나무들이 새싹을 내민다. 풀들도 땅 속에서 뾰족뾰족
싹을 내밀어 제법 푸르게 자라나 있다. 바람도 싱그럽고 하늘도 푸르
고 넓게 열린다. 이런 5월이 오면 사람의 마음도 푸르게 열릴 것 같다.
넓게 열릴 것만 같다. 시냇물도 종알종알 노래하면서 흐른다. 우리 마
음도 종알종알 노래하며 흐를 것만 같다. 우리를 둘러싸고 있는 자연
이 부드럽고 푸르면 우리 마음도 부드럽고 푸르러진다.

봄비

먼 나라에 사시는
왕자님이 찾아오셨습니다.

소곤소곤 발자국 소리도 없이
말발굽 소리도 없이
눈이 파아란 왕자님이
나의 창 앞에 찾아오셨습니다.

나무 가지마다
파란 나뭇잎을 틔우려고
졸음 오는 졸음 오는
잊혀진 먼먼 옛이야기를
들려주시려고
귀먹은 아이 귀를 열어 주시려고

먼 나라에 사시는
눈이 파아란 왕자님이
사뿐사뿐 까치발을 딛고
나의 창 앞에 찾아오셨습니다.

— 하이노.*

왕자님은 보이지 않고
왕자님이 타고 오신 말 한 마리만
처마 밑에서 밤새워
뚜벅거리고 있습니다.

* 하이노 : 어린 시절에 읽은 동화 속에 나오는 왕자님 이름.

봄이 오는 걸 제일 먼저 알려 주는 것은 바람이고, 바람 다음으로 봄을 알려 주는 것은 봄비이다. 봄비는 낮에도 내리지만 밤에 주로 내린다. 우리가 잠에 빠져 있는 사이, 몰래몰래 내린다. 봄비가 몇 번 내리고 나면 나뭇가지마다 예쁜 잎사귀들이 솟아 나온다. 얼었던 땅에서 초록빛 풀들이 다투어 솟아 나온다. 봄비는 반가운 손님과 같다. 깊은 밤, 잠을 자다가 얼핏 깨어서 들어 보면 창밖에서 뚜벅뚜벅 말발굽 소리 같은 소리가 들린다. 우리 집에 누가 찾아온 것일까? 그것은 처마 끝에서 떨어지는 낙숫물 소리다.

같이 갑시다

저녁밥 먹고
산개구리 울음소리
만나러 가는 길

나도 같이 갑시다

하늘 한가운데
달님도 빙긋 웃으며
따라나서는데

울 너머 활짝 핀
살구꽃이 덩달아
어깨 짬을 들먹이네.

2006. 다정

혼자서 산책하는 길. 누군가 부르는 소리가 들리는 것 같아 뒤를 돌아다본다. 나도 같이 갑시다. 그것은 하늘 한가운데 둥실 떠 있는 달님의 말이었다. 물론 진짜로 달님이 한 말은 아니다. 내가 마음속으로 그렇게 상상하고 들은 소리다.

쓰르라미

가는 여름을
보내기 아쉬워선가
젖 떨어진 아이
젖 달라 보채듯
악을 쓰며 우는
늦여름
쓰르라미
소리.

2006.
나태주

쓰르라미. '쓰르람 쓰르람' 하고 운다 해서 붙여진 매미의 이름이다. 매미는 여름이 오자마자 울기 시작한다. 여름은 매미의 계절이다. 매미는 여름 한 계절을 살다가 가을이 오면서 죽는다. 짧은 일생이다. 이런 우화가 있다. 매미와 하루살이가 만나 같이 놀았다. 저녁이 되어 날이 어두워지자 매미가 말했다. "하루살이야, 우리 오늘은 그만 놀고 내일 다시 만나서 놀자." 하루살이가 대답했다. "내일이 뭔데? 나한테는 내일이 없어. 오늘이 다 가기 전에 실컷 놀아야 해." 그 다음에 매미와 개구리가 만나서 놀았다. 날씨가 추워지자 개구리가 매미에게 말했다. "매미야, 이제 우리 올해는 그만 놀고 내년에 다시 만나서 놀자." 매미가 대답했다. "내년이 뭔데? 나는 여름이 가기 전에 실컷 놀아야 해."

가는 여름을
보내기 아쉬워선가
젖 떨어진 아이
젖 달라 보채듯
악을 쓰며 우는
늦여름
쓰르라미
소리.

— 「쓰르라미」 전문

옥수수나무

양달개비 도깨비불 파란 꽃 핀 돌담장 길
옥수수나무야 까꿍 옥수수가 익어서 까꿍
대추나무 대추꽃 일고 감나무 감꼬투리 일고
옥수수나무야 까꿍 애기 하나 업고 까꿍.

봄에 심은 옥수수나무에 옥수수가 열렸다. 사람이 보지 않는 사이
저 혼자 자라서 옥수수가 열렸다. 옥수수가 열린 옥수수나무를 보면
꼭 아기를 업고 있는 것처럼 보인다. 아, 옥수수나무도 엄마가 윤이를
업어 주는 것처럼 아기를 업고 있구나. 옥수수는 지금 저희 엄마 등에
업혀 콧노래를 부르고 있을지 몰라. 어쩌면 낮에 친구들이랑 노느라고
피곤해서 엄마 등에 업혀 자고 있는 민애처럼 자고 있을지 몰라. 그렇
게 보니 옥수수나무 등에 업힌 옥수수가 여간 귀엽고 사랑스러운 것이
아니다.

개구리

아침 출근길
개구리를 보았다

검정 통고무신 신고
풀숲길 논두렁길 걷다 보면
발등 위에 찌익
선뜩한 오줌 줄기
제멋대로 내갈기며
도망치던 녀석
퉁방울눈과 기다란 혀를 가진
풀밭의 군자요
더운 여름날의 탁월한
노래꾼

어려서 인사 없이 헤어졌던
그 동무를 오늘 아침 나는
다시 만났다.

내가 어렸을 때는 개구리가 아주 많았다. 들길이나 산길 아무 데서나 개구리를 볼 수 있었다. 그런 개구리를 이제는 시골에서도 찾아보기 힘들게 되었다. 어느 여름날, 학교에서 퇴근하는 길에 개구리 한 마리를 만났다. 어렸을 때 인사 없이 헤어진 친구를 다시 만난 것만큼이나 반가웠다. 어이, 개구리 친구! 반가워. 어디 갔다가 이렇게 늦게 나타났는가?

참새

참새야
내 손바닥에 앉아 다오,

네가 바란다면
내 손바닥은 잔디밭.

네가 바란다면
내 손가락은 마른 나뭇가지.

참말로 네가 바란다면
내 입술은 꽃잎. 잘 익은 까치밥.

참새야
내 머리 위에 앉아 다오,

네가 바란다면
내 머리칼은 겨울 수풀. 아무도 모르는.

　참새는 사람들이 사는 집 주위나 마을에 살면서 곡식이나 벌레를 먹고 사는 조그만 새다. 참새란 이름에는 '진짜 새'라는 뜻이 들어 있다. 참새는 참 사랑스러운 새다. 조그만 몸집으로 팔랑팔랑 날고 콩콩콩 뛰어다니는 모습이 개구쟁이 꼬마 같다. 가끔 나는 참새와 친구가 되고 싶은 때가 있다. 참새야. 이리 와. 나는 너를 해칠 마음이 없단다. 손을 내밀면 참새가 금방이라도 내 손바닥 위로 올라올 것만 같다.

겨울밤

아가, 잠자니?
아뇨.
여우 우는 소리 좀 들어 봐.
아까부터 듣고 있는걸요……

나도 여우 우는 소리에 잠이 깨었는데
메마른 울타리가 잠 못 들고
부석대는 밤,
잠 깨인 할머니가 무서우신가
자꾸만 말을 시키신다.

아가.
으응……
옛날얘기 하나 해 줄까?
……
따뜻한 장판방 아랫목
이불 속으로 기어들면서 기어들면서……

뒷동산 고목나무에 부엉이가 우는 밤,
부엉이 따라 여우도 따라와 우는 밤,
겨울밤은 길고 길었다.

겨울밤은 길다. 그리고 춥다. 잠이 잘 오지 않는다. 잠이 들었다가도 깰 때가 더러 있다. 뒤울안에 둘러선 상수리나무 숲에서 가랑잎들이 바스락거리는 소리가 들린다. 바람이 불면 상수리나무 가지 끝에 매달린 채 말라 버린 가랑잎들이 잠들지 못하고 부스럭거린다. 얼마큼 밤이 깊었을까? 상수리나무 부스럭거리는 소리 사이로 이상한 소리가 들린다. 옆에 누워 계신 외할머니가 자꾸만 말을 시키신다. "아가, 자니?" "저 소리 좀 들어 봐." "뒷동산에 여우가 찾아왔나 보다." 나는 여우 우는 소리가 하나도 무섭지 않은데 외할머니는 무서우신가 보다. "할미가 옛날얘기 하나 해 줄까?" 나도 슬슬 무섭다는 생각이 들기 시작한다. 깔고 있던 요를 들치고 요 밑으로 몸을 밀어 넣는다. 요 밑 장판방엔 아직도 따스한 기운이 남아 있다. 아 따스해. 온몸이 나른하게 풀린다. 다시금 스르르 잠이 오려고 한다. 어디선가 부엉이가 운다.

풀꽃

자세히 보아야
예쁘다

오래 보아야
사랑스럽다

너도 그렇다.

아이들과 함께 풀꽃 그림을 그리려고 학교 정원으로 나간다. 풀밭을 이리저리 돌면서 풀꽃을 살핀다. 우선 바닷물빛으로 피어난 제비꽃이 눈에 띈다. 민들레꽃은 더 많이 눈에 띈다. 봄맞이꽃, 밥보재나물, 꽃마리, 큰골풀꽃, 광대나물. 그리고 또 무슨무슨 풀꽃들. 이름을 알수가 없다. 이름을 모르면 그냥 풀꽃이라고 해 두면 된다. "얘들아, 이제부터 풀꽃을 한번 그려 보도록 하자." "선생님, 어떻게 그려요?" 어떤 아이들은 또 이렇게 말한다. "선생님, 너무 어려워요." "그래? 그럼이렇게 하기로 하자." 차근차근 아이들에게 풀꽃 그림 그리는 방법을 가르쳐 준다.

"얘들아, 있잖아. 풀꽃을 그리려면 맨 먼저 내 마음에 드는 풀꽃 한송이를 찾아내는 것이 중요하단다. 그러고서는 그 풀꽃 한 송이를 열심히 보아야 한단다. 한 5분이나 10분 정도 그 풀꽃만 바라보고 있는것이 좋아. 그럴 때 다른 생각은 하지 말고 그 풀꽃 하나만 생각하면더욱 좋아. 그렇게 되면 풀꽃이 점점 크게 보인단다. 다른 것들은 안보이고 그 풀꽃 하나만 보이게 되지. 그럴 때 천천히 그 풀꽃의 모습을그려 나가면 돼. 그림을 그린다기보다 실지로 있는 풀꽃을 종이에 옮겨 온다는 마음으로 그리면 더욱 좋을 거야."

그러나 아이들은 내 이야기가 끝나기도 전에 쓱쓱 하얀 종이에 그림을 그려 나가기 시작한다. 아이들은 이렇게 빠르다. 쉽게 알아차린다. 쉽게 배운다. 풀꽃 그림을 다 그린 다음에 아이들에게 물어본다. "얘들아, 풀꽃 그림을 그려 보니까 어떤 생각이 들더냐?" 한 사람씩대답해 온다. "예, 선생님. 풀꽃이 너무나 아름다워요." "자세히 보아야 예뻐요." "천천히 보아야 잘 보여요." "우리 학교에 이렇게 예쁜 꽃들이 많은 줄은 몰랐어요." 또 한 아이가 조용히 대답해 온다. "풀꽃그림을 그리고 나서는 학교 풀밭에 함부로 들어가서는 안 되겠다는 생각을 했어요." "왜?" "잘못해서 내가 풀꽃을 밟을까 봐 그래요." 그래. 너희들 마음이 더 예쁜 풀꽃이구나. 너희들도 자세히 보아야 더 예쁘단다. 그리고 오래 보아야 사랑스럽단다.

자세히 보아야
예쁘다

오래 보아야
사랑스럽다

너도 그렇다.

– 「풀꽃」 전문

한밤중에

한밤중에
까닭 없이
잠이 깨었다

우연히 방 안의
화분에 눈길이 갔다

바짝 말라 있는 화분

어, 너였구나
네가 목이 말라 나를
깨웠구나.

어느 날 밤, 잠을 자다가 문득 눈이 떠졌다. 자리에서 일어나 별다른
생각도 없이 방 안을 둘러보았다. 방 안에는 화분 몇 개가 있었다. 그
가운데 한 화분에 눈길이 가서 머물렀다. 얼마 전에 꽃이 예쁘다 싶어
사다 놓은 화분. 그 화분에 있는 꽃들이 시들어 있었다. 그러고 보니
조금 전 자다가 눈이 떠진 것은 이 꽃들이 나를 불러서 그런 것이 아닐
까, 그런 생각이 들었다. 나는 얼른 주방으로 가서 바가지에 물을 담아
다가 화분에 부어 주었다.

검은 눈

뻐꾸기 울다 울다가
지쳐 입 다문
외진 산길에
웬 검정염소 한 마리
풀을 뜯다 말고 빠끔히
나를 건너다본다
뿔 두 개 하늘로 쳐들고
푸수수한 수염 땅으로 내린
저 검은 짐승이
언제 나를 보았다고
저토록 골똘히
바라보는 것일까
젖 떨어진 아이
저희 엄마 쳐다보듯
애처롭게 애처롭게
나를 바라다보는
깊고도 검은 저 눈
도대체 날더러
어쩌라는 거냐, 이 녀석아.

검정염소(흑염소)는 아주 순한 짐승이다. 남을 해칠 줄도 모르고 싸울 줄도 모른다. 날카로운 이빨도 없고 발톱도 없다. 뿔이 두 개 있지만 그것은 날카롭지도 않고 사납지도 않다. 들길을 걷거나 산길을 가다 보면 가끔 검정염소를 만날 때가 있다. 그 검정염소가 사람을 빤히 쳐다보며 매애매애 하고 울 때가 있다. 나 좀 데려가 주세요. 그렇게 말하는 것처럼 보일 때가 있다. 야, 이 녀석아. 날더러 어쩌란 말이냐?

주인장

비비비비 깃털을 세우는
굴뚝새 울음소리를 따라서
보리똥나무 가지에 걸린
몇 가닥 저녁 햇살을 따라서
돌아 돌아서 가다가 보면
까치집 하나 빈집이 한 채
(아무도 없다)
한데 누군가 나를
눈여겨보고 있다는 느낌
뒤돌아보니 외양간에 여물을
씹고 있는 어미 소 한 마리
아, 미안하구려
주인장이 거기 계신 줄 내 미처
몰랐구려.

2006. 다락골

　산책길에서는 이것저것을 보기도 하고 듣기도 한다. 발밑에 있는 꽃이나 풀도 보고 하늘도 보고 산도 보고 나무도 본다. 그러다가 기웃 기웃 사람들이 사는 집을 보기도 한다. 여기 빈집이 있네. 며칠 전까지만 해도 사람들이 살았는데 그동안에 이사 갔나? 인기척이 없어 집 안을 슬쩍 들여다본다. 역시 아무도 없다. 정말 빈집인가? 다시 한 번 기웃거려 본다. 그 때 어디선가 들리는 소리. 푸루루, 푸루루. 두리번두리번 찾아본다. 저만치 외양간이 있다. 외양간에서 소 한 마리가 여물을 씹고 있다. 사람들이 외출하여 비어 있는 집을 소 한 마리가 주인이되어 지키고 있다.

강물과 나는

맑은 날
강가에 나아가
바가지로
강물에 비친
하늘 한 자락
떠올렸습니다

물고기 몇 마리
흰 구름 한 송이
새소리도 몇 움큼
건져 올렸습니다

한참 동안 그것들을
가지고 돌아오다가
생각해 보니
아무래도 믿음이
서지 않았습니다

이것들을
기르다가 공연스레
죽이기라도 하면

어떻게 하나

나는 걸음을 돌려
다시 강가로 나아가
그것들을 강물에
풀어 넣었습니다

물고기와 흰 구름과
새소리 모두
강물에게
돌려주었습니다

그날부터
강물과 나는
친구가 되었습니다.

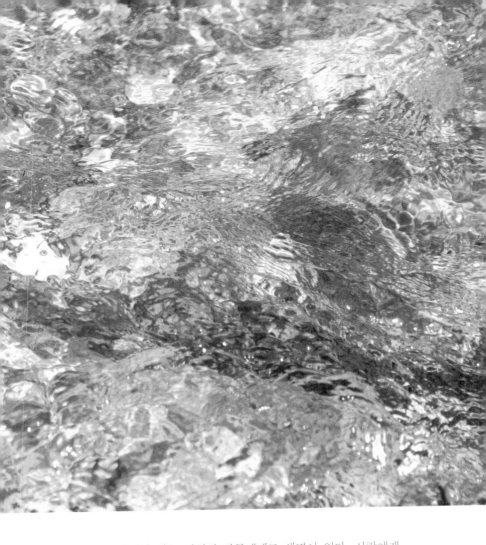

　사람에게 생명이 있는 것처럼 강물에게도 생명이 있다. 사람에게 자유와 권리가 있는 것처럼 강물에게도 자유와 권리가 있다. 그러므로 강물을 함부로 해서는 안 된다. 강물을 소중하게 여기고 조심스럽게 대해야 한다. 그렇게 할 때 강물도 우리를 소중하게 조심스럽게 대할 것이다. 강물은 내가 함부로 아무렇게 대해야 할 자연물이 아니다. 강물은 우리의 좋은 이웃이고 다정한 친구이다. 어린이들이 이런 생각을 가지고 자란다면 세상이 훨씬 더 살 만한 세상이 될 것이다.

이야기가 있는 시집

1판 1쇄 발행 | 2006. 11. 1
1판 7쇄 발행 | 2016. 10. 4

지 은 이 | 나태주
펴 낸 이 | 김선기
펴 낸 곳 | 주식회사 푸른길
사   진 | 임영태, 김선기

출판등록 | 1996년 4월 12일 제16-1292호
주   소 | (08377) 서울시 구로구 디지털로 33길 48 대륭포스트타워 7차 1008호
전   화 | 02-523-2907, 6942-9570~2
팩   스 | 02-523-2951
이 메 일 | purungilbook@naver.com
홈페이지 | www.purungil.co.kr

ⓒ 나태주, 2006
ISBN 89-87691-74-8 03810